THOMAS BAEHR

das ende

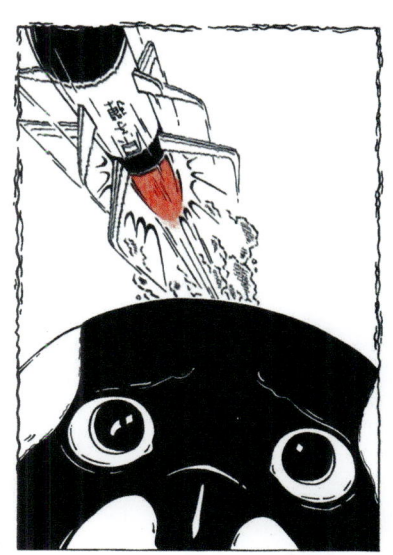

Juni 2024
ISBN 978-3-946649-55-7

Gringo Comics
Rossbergstraße 3, 73734 Esslingen

Zeichnungen, Layout, Ideen: Thomas Baehr
© Thomas Baehr 2005 - 2024

Das Ende wurde unter dem Titel
The End is Here erstmals von 2008 bis 2009
auf **Act-I-Vate** veröffentlicht
und basiert auf dem Comicstrip **POL**.
Gedruckt bei: Online-Druck GmbH & Co. KG,
Eggertstraße 28, 33100 Paderborn
Nachdruck, auch auszugsweise, nur mit
schriftlicher Genehmigung des Verlags.

www.gringo-comics.de

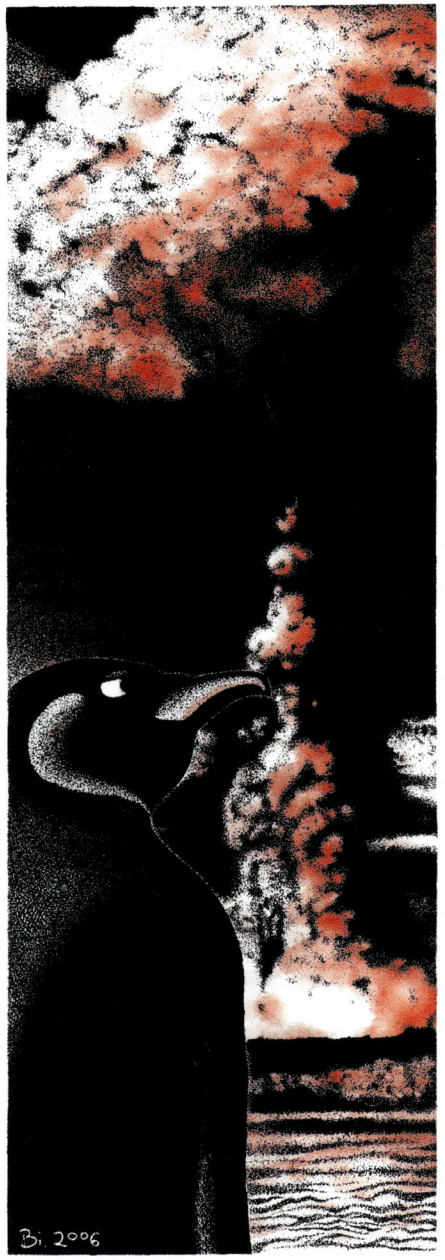

Kapitel I.

ANTARKTIKA, IN DER NÄHE DER ADÉLIE-KÜSTE.
ENDE SEPTEMBER.
CIRCA 50 GRAD CELSIUS UNTER NULL.

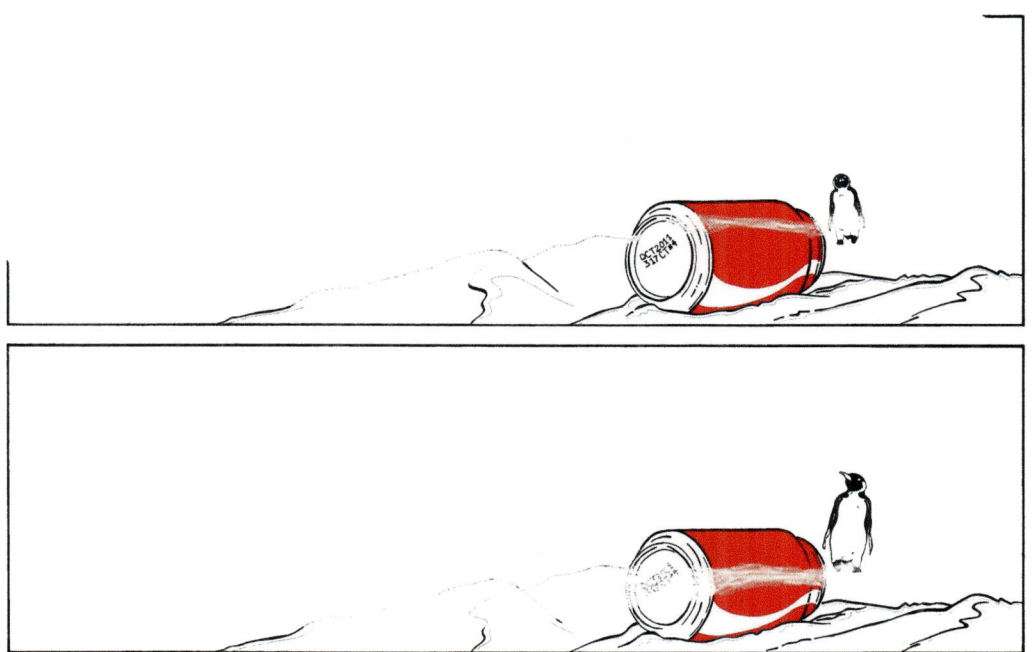

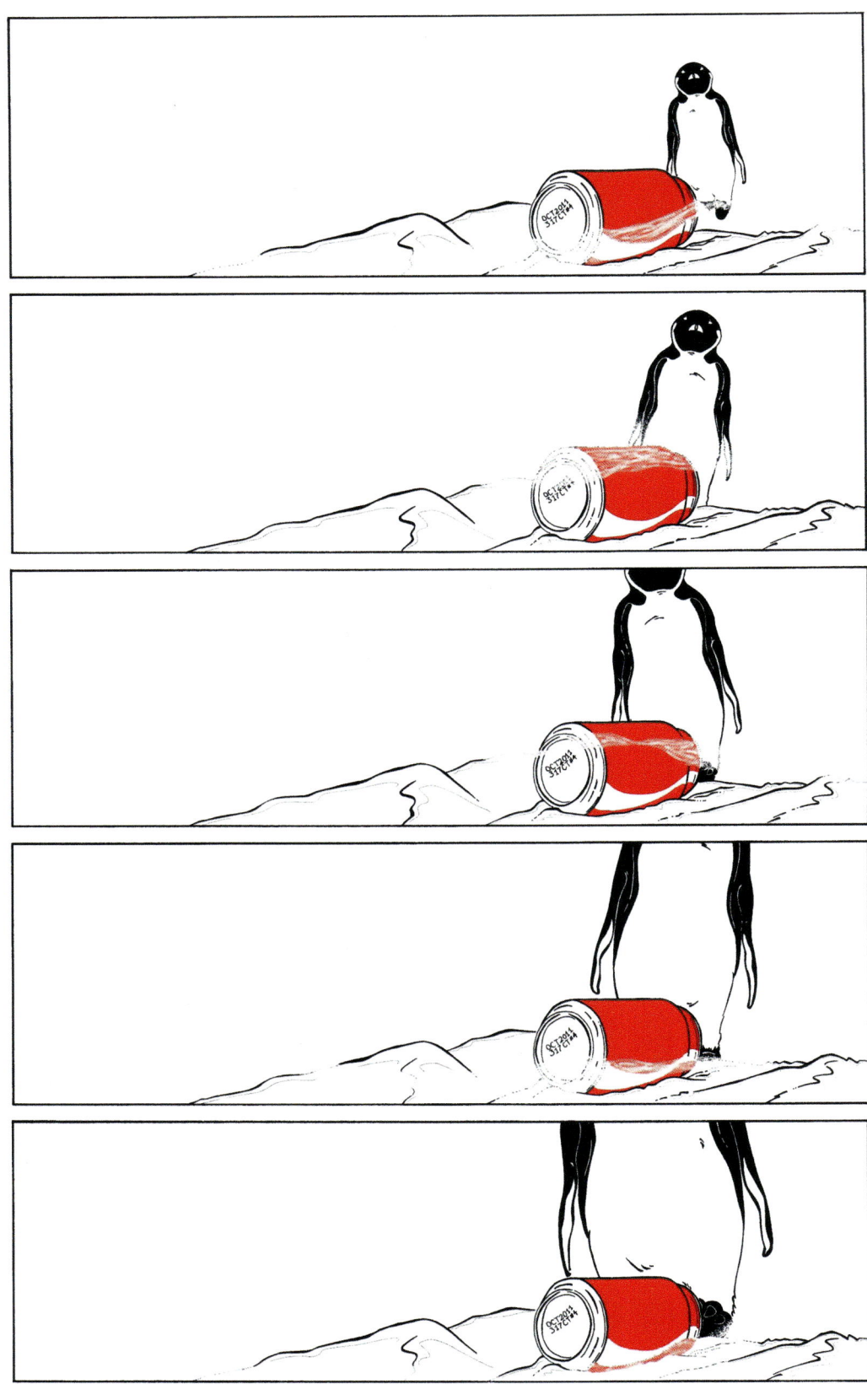

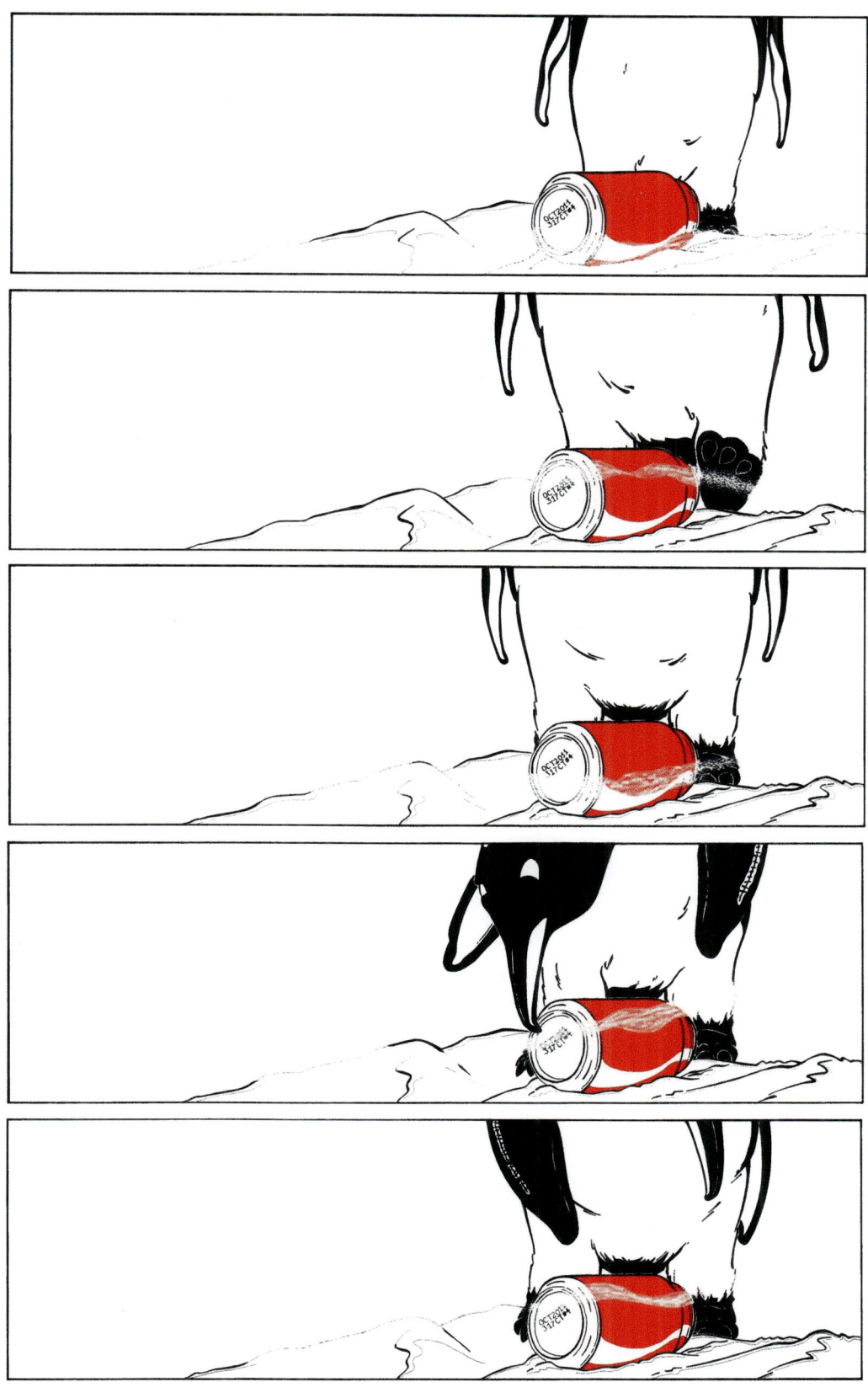

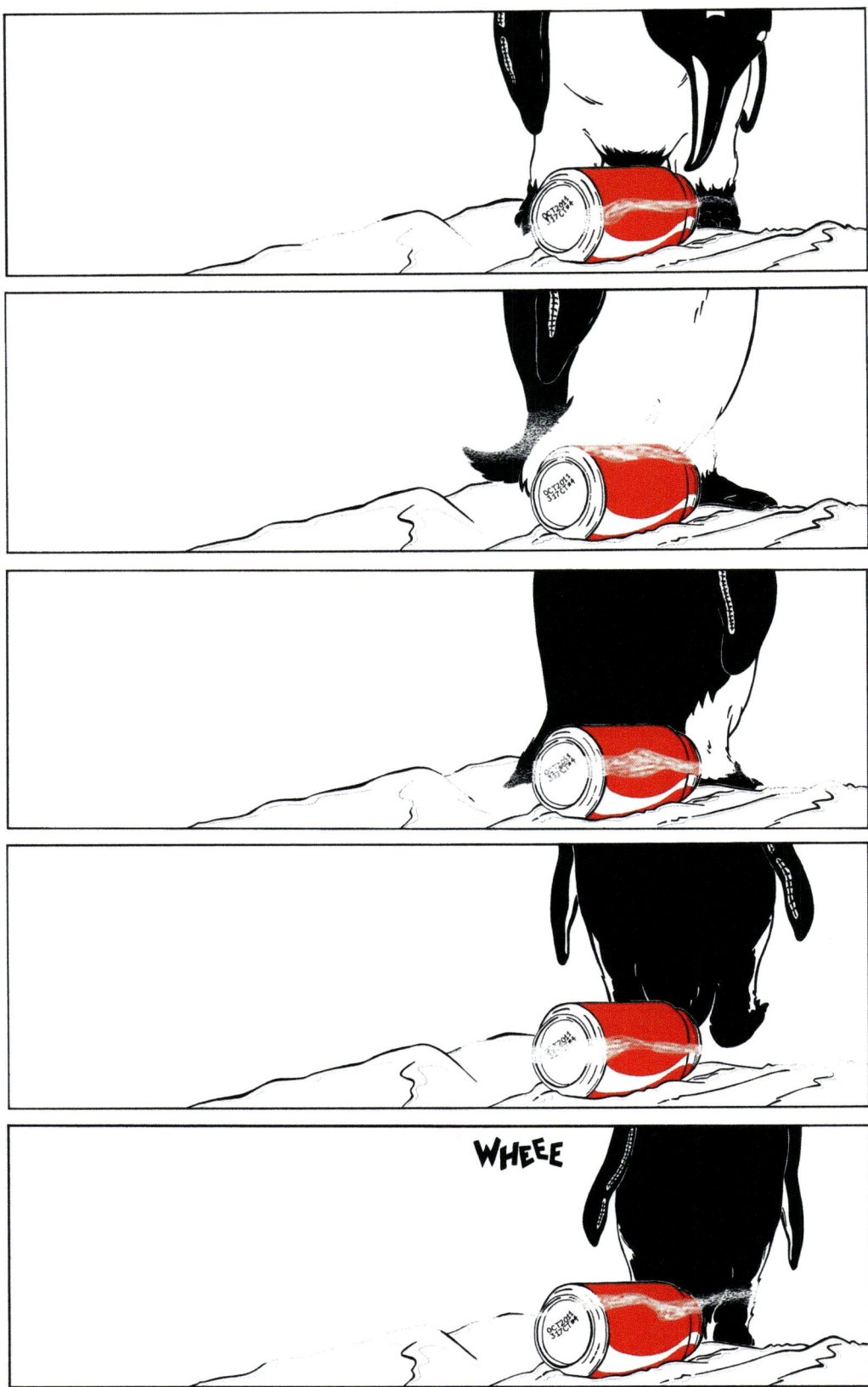

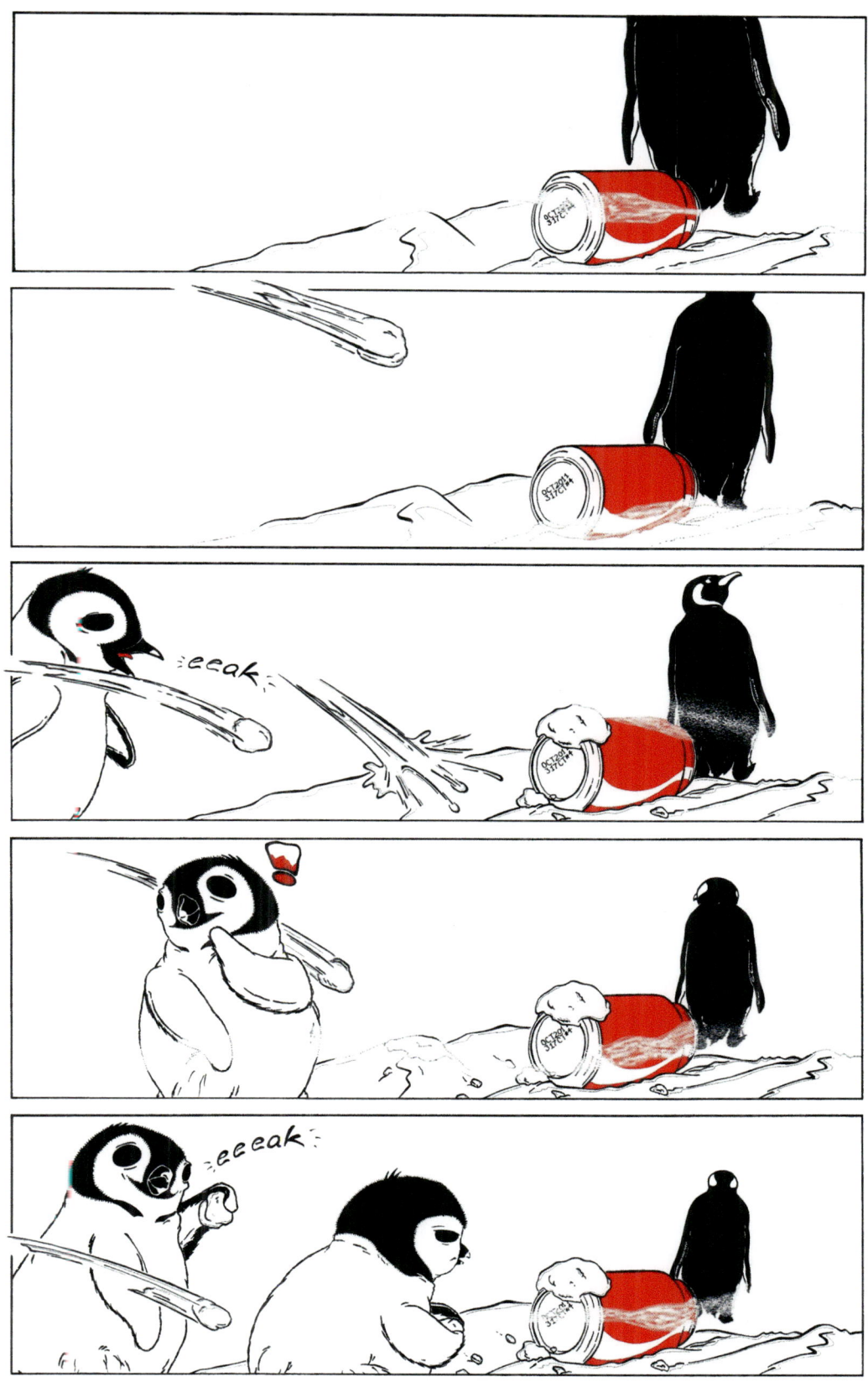

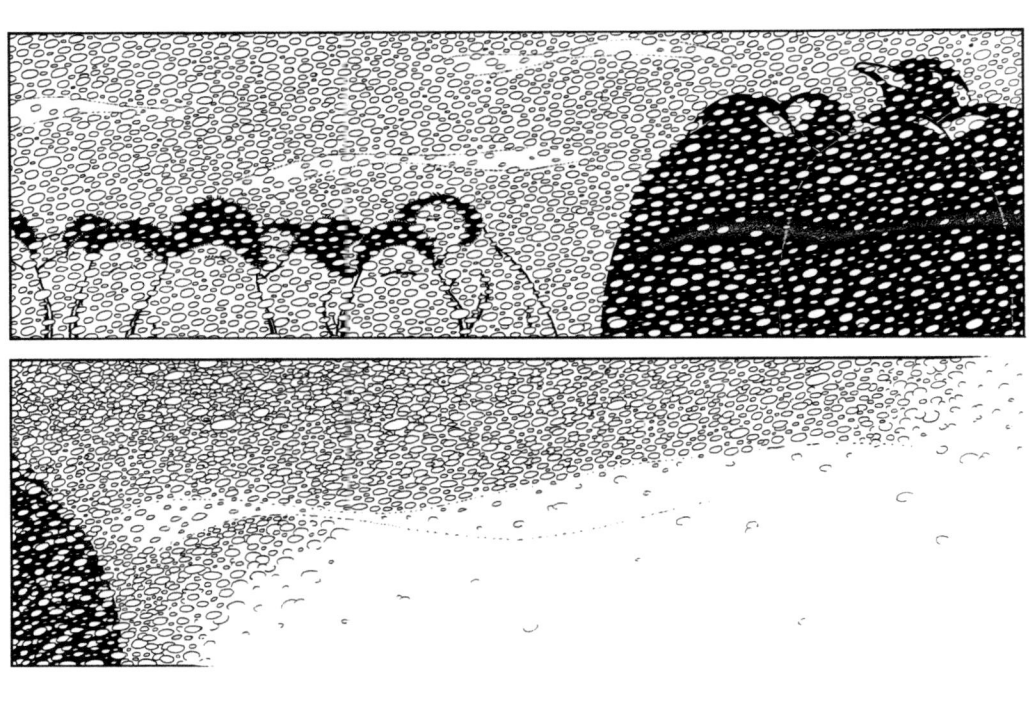

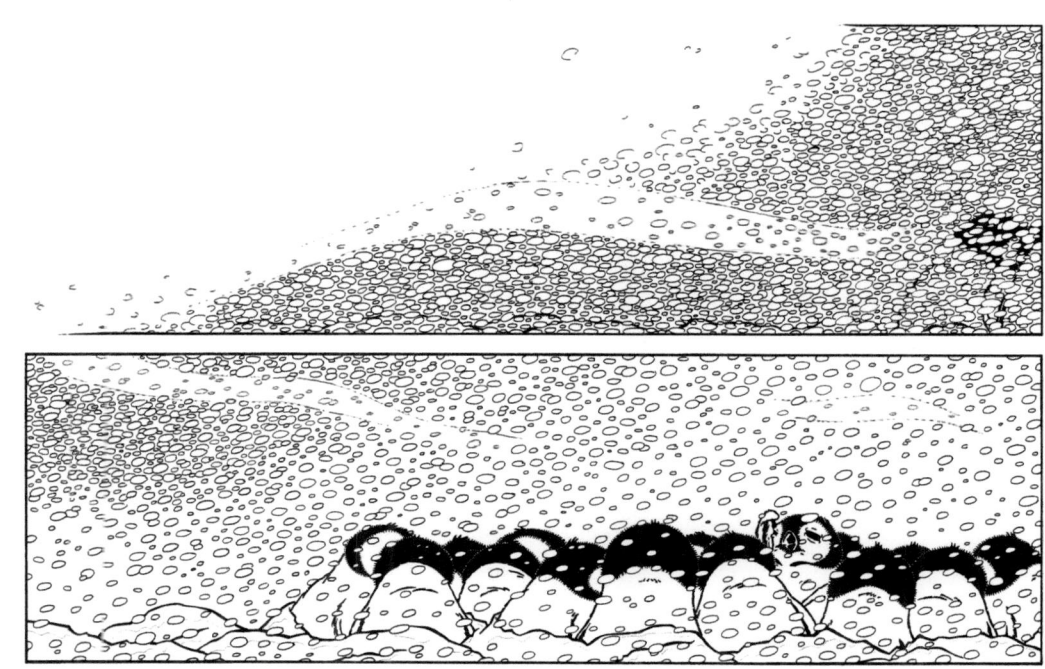

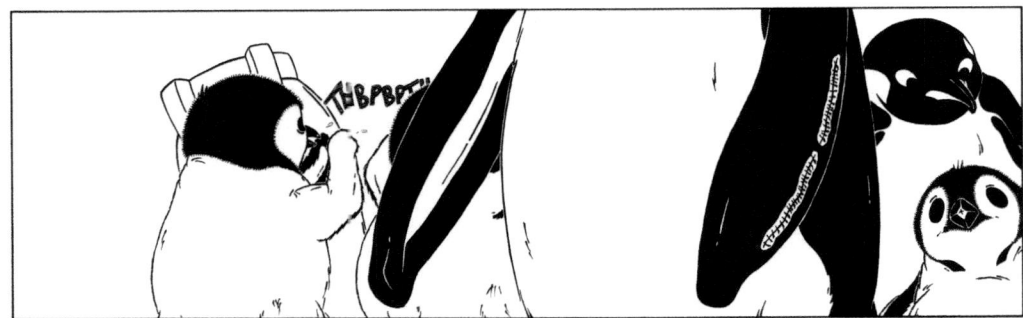

BOOOM

...

...

...

...

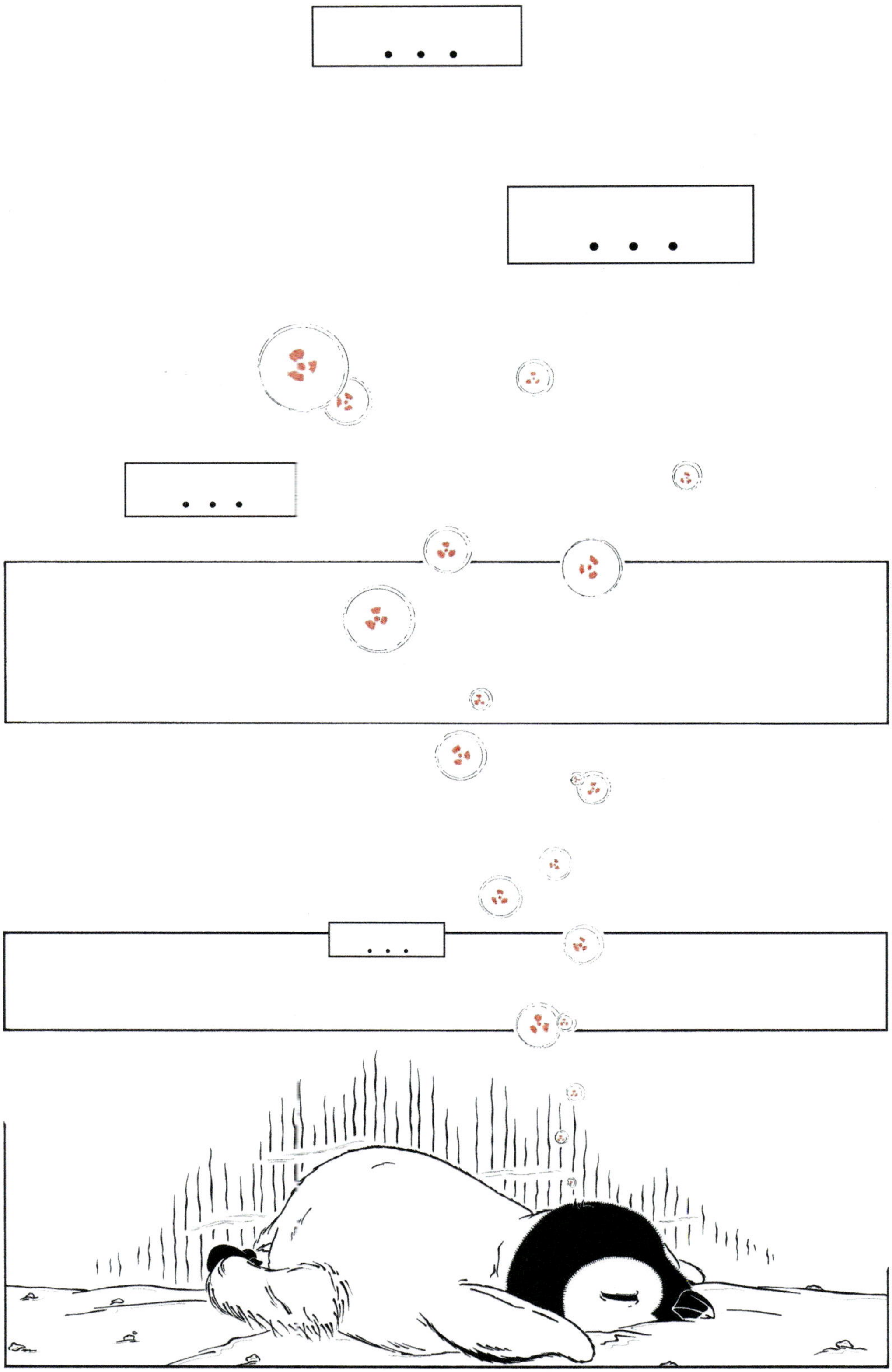

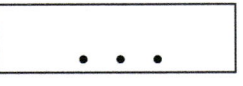

Kapitel II.

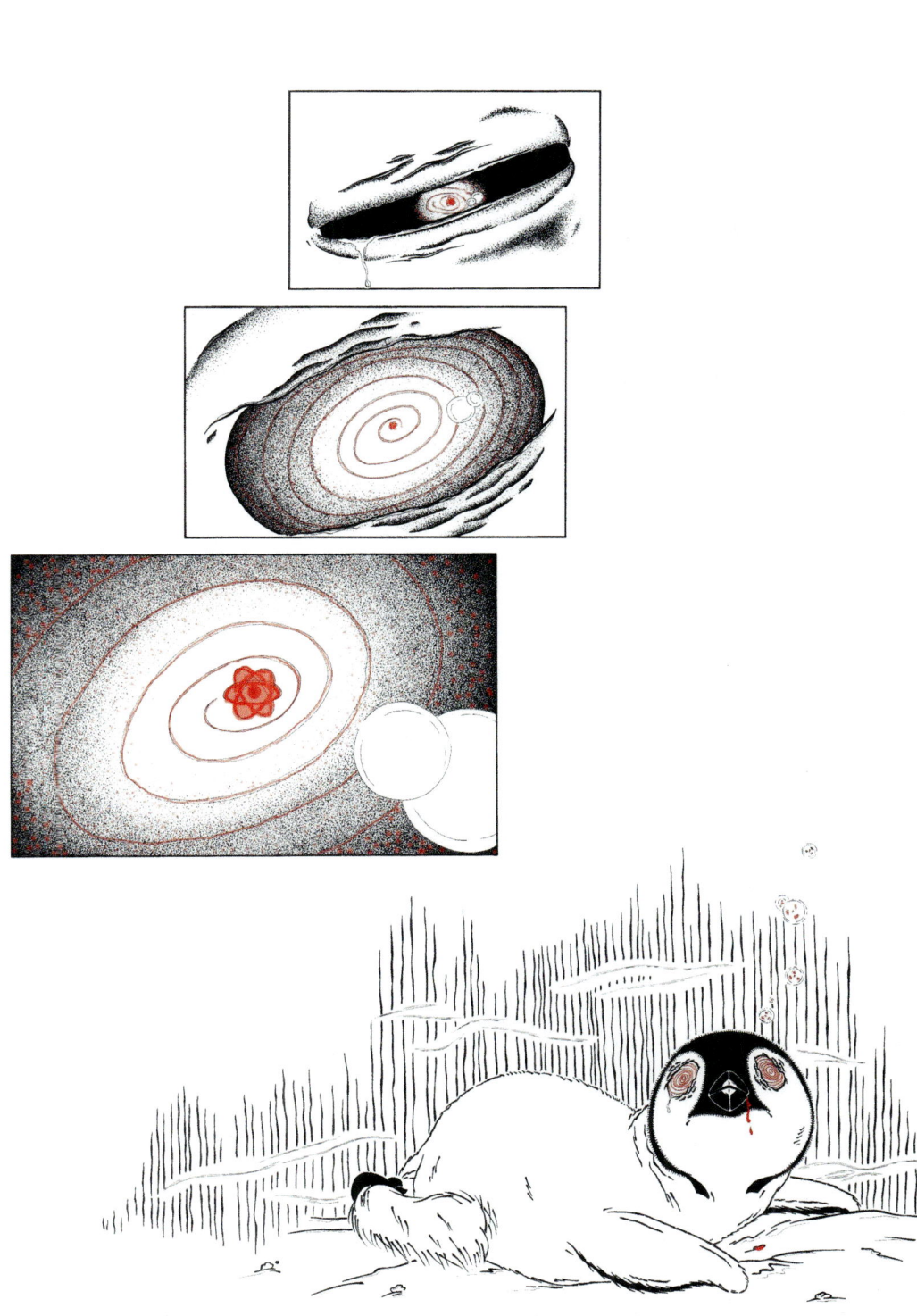

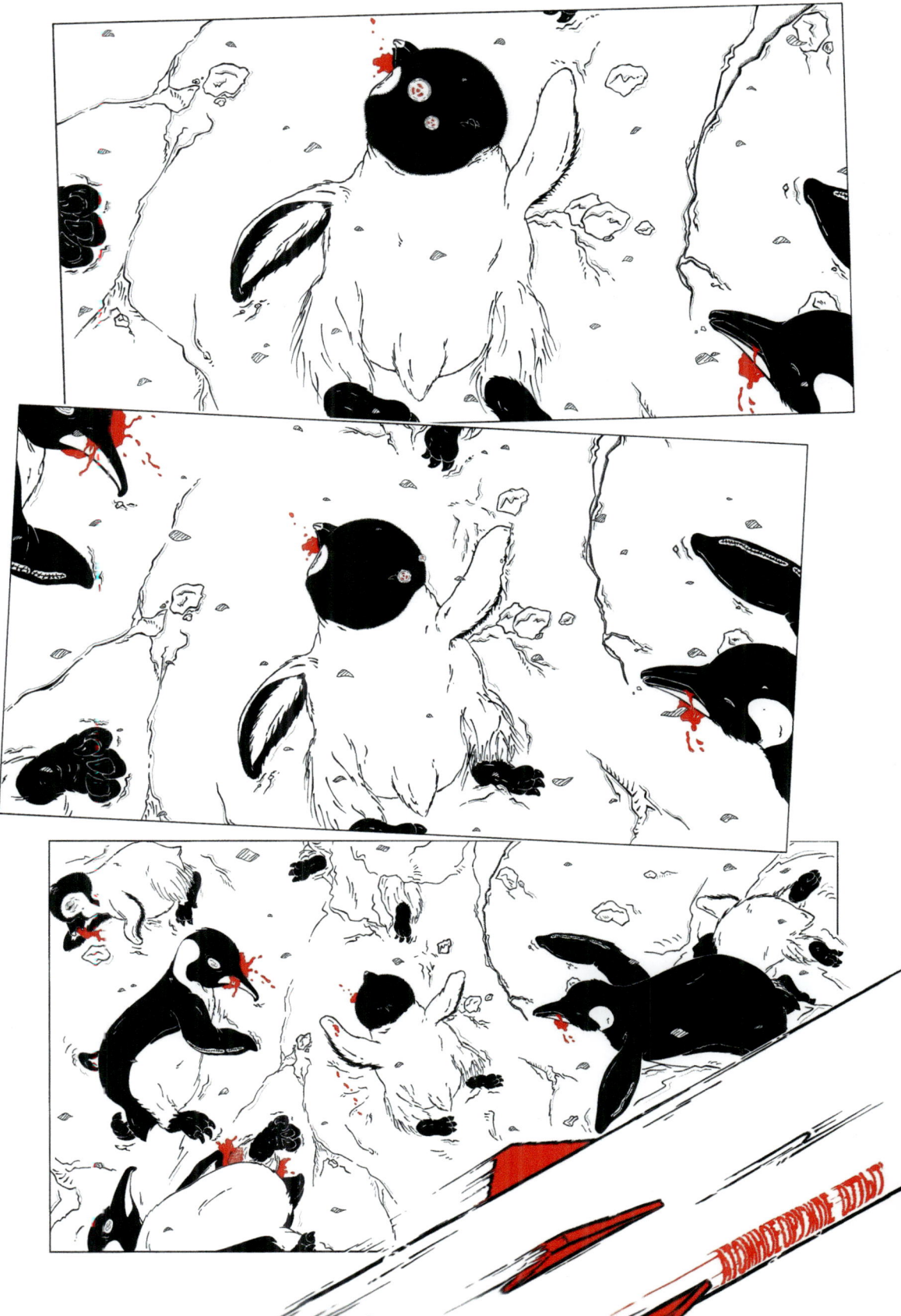

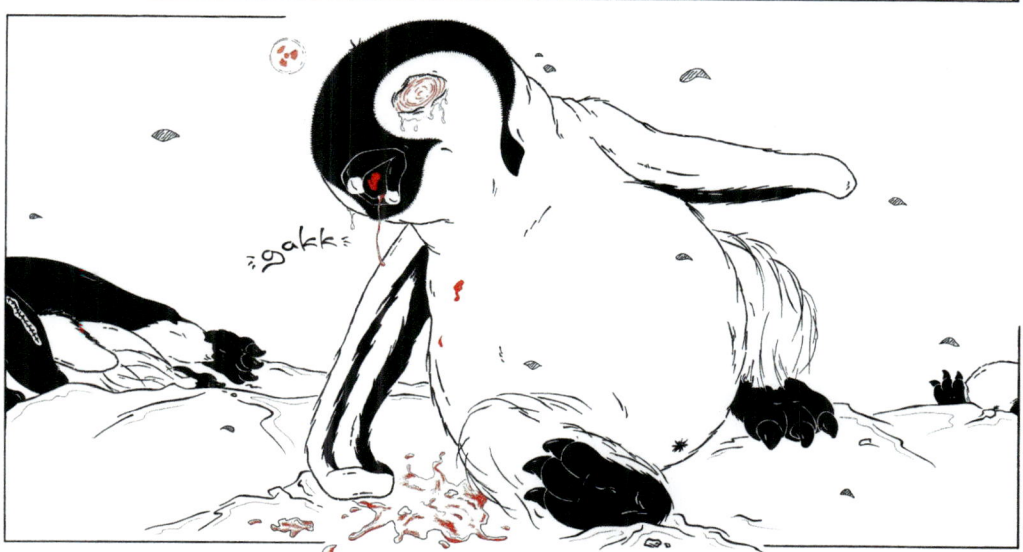

AAH!

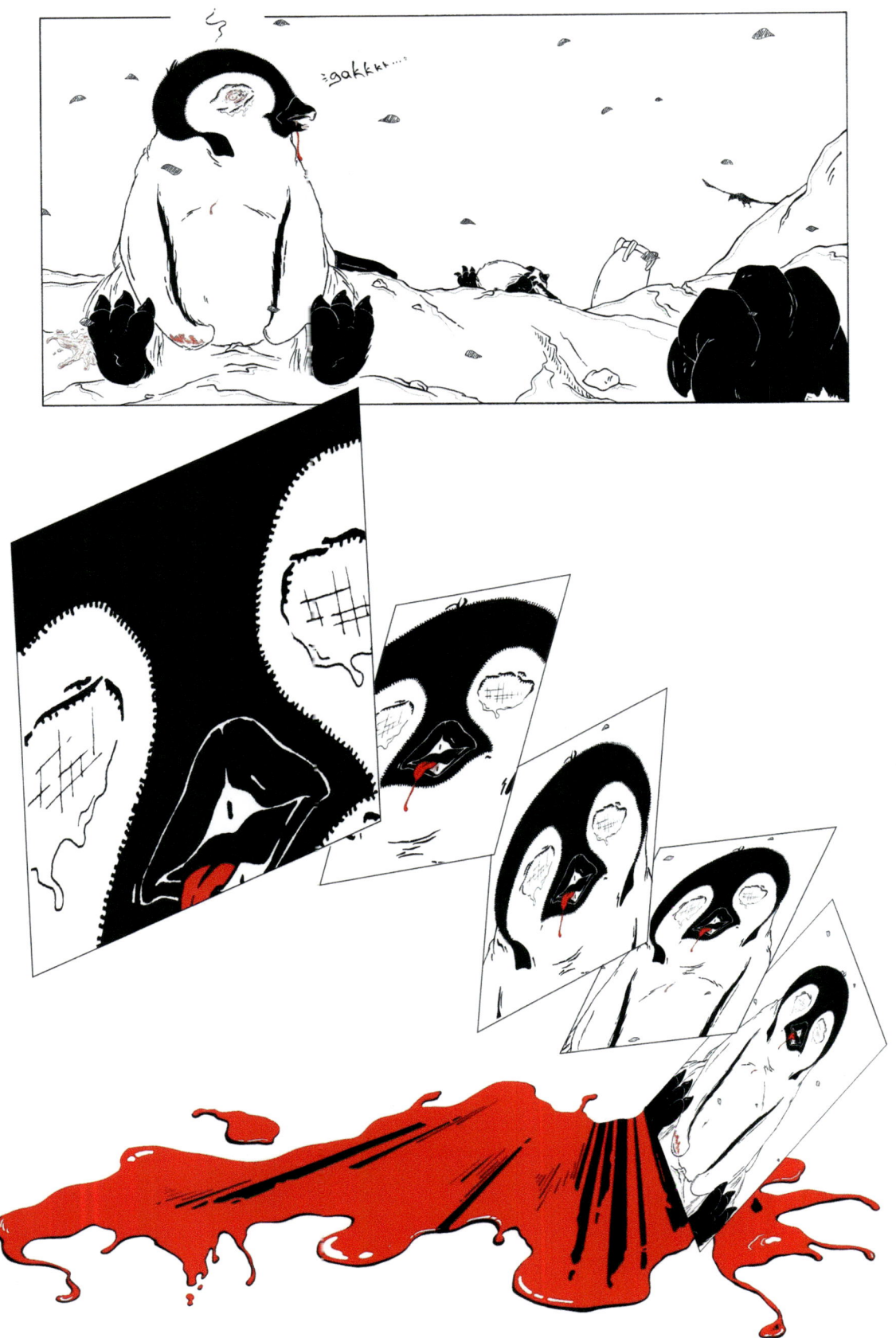

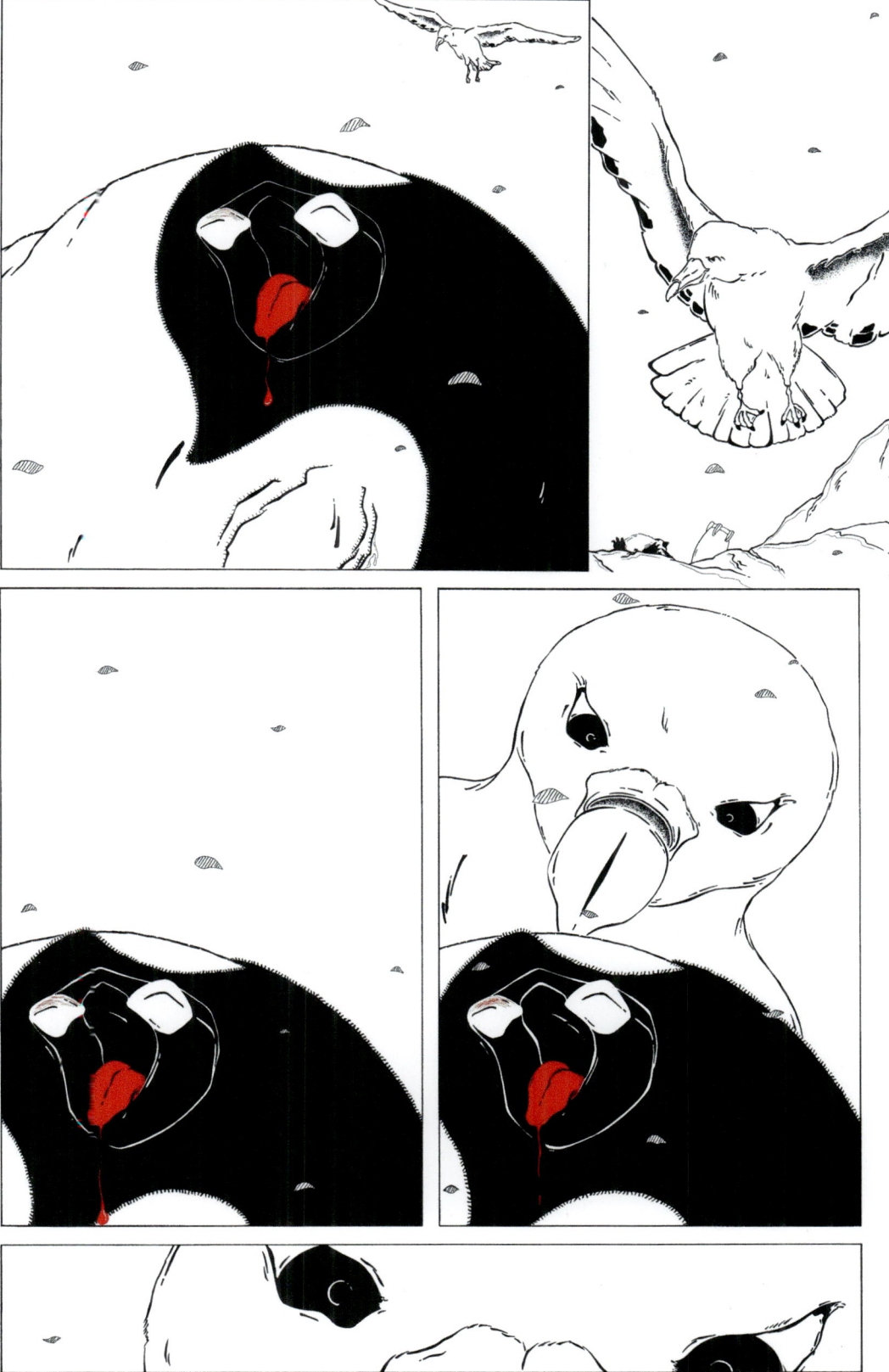

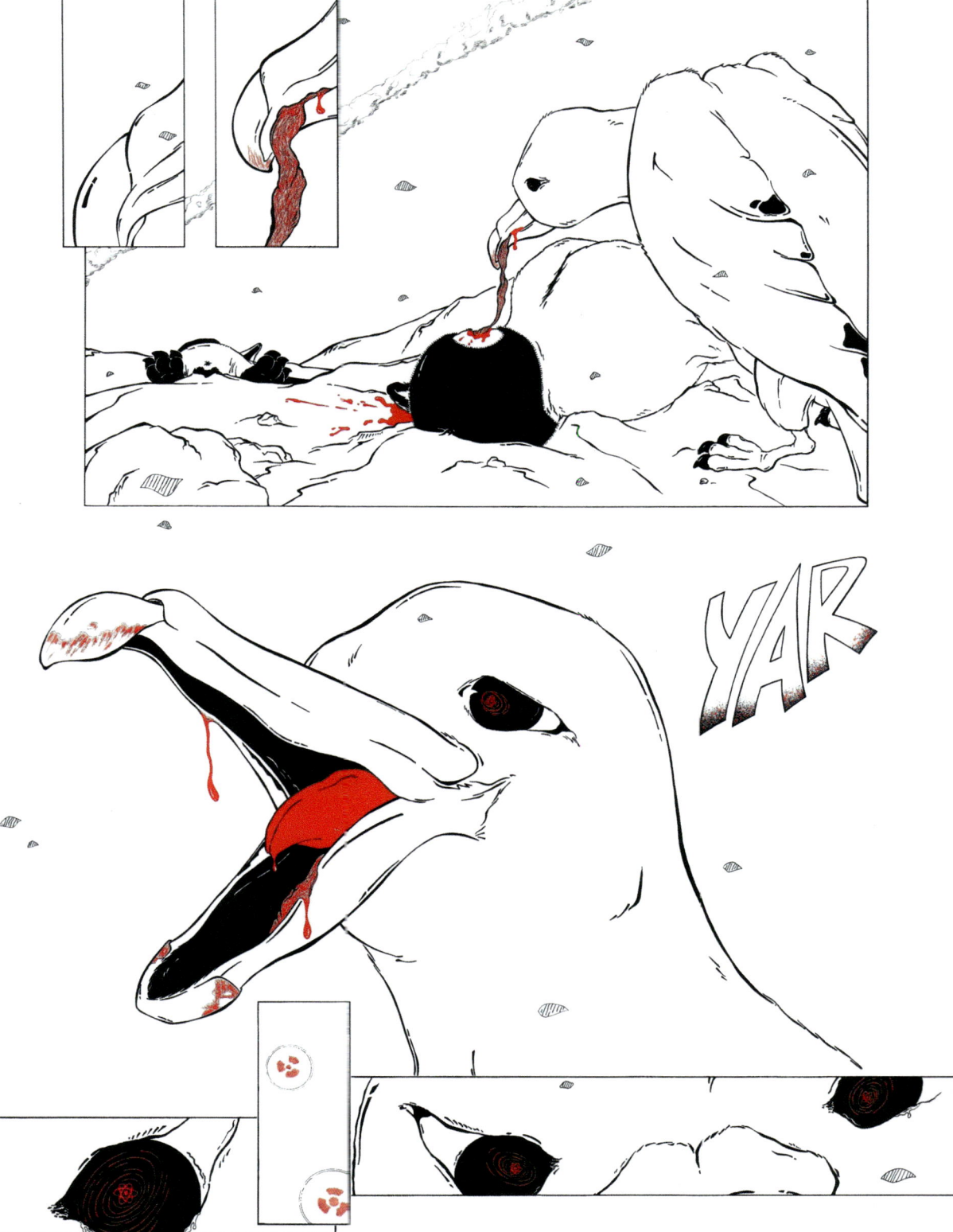

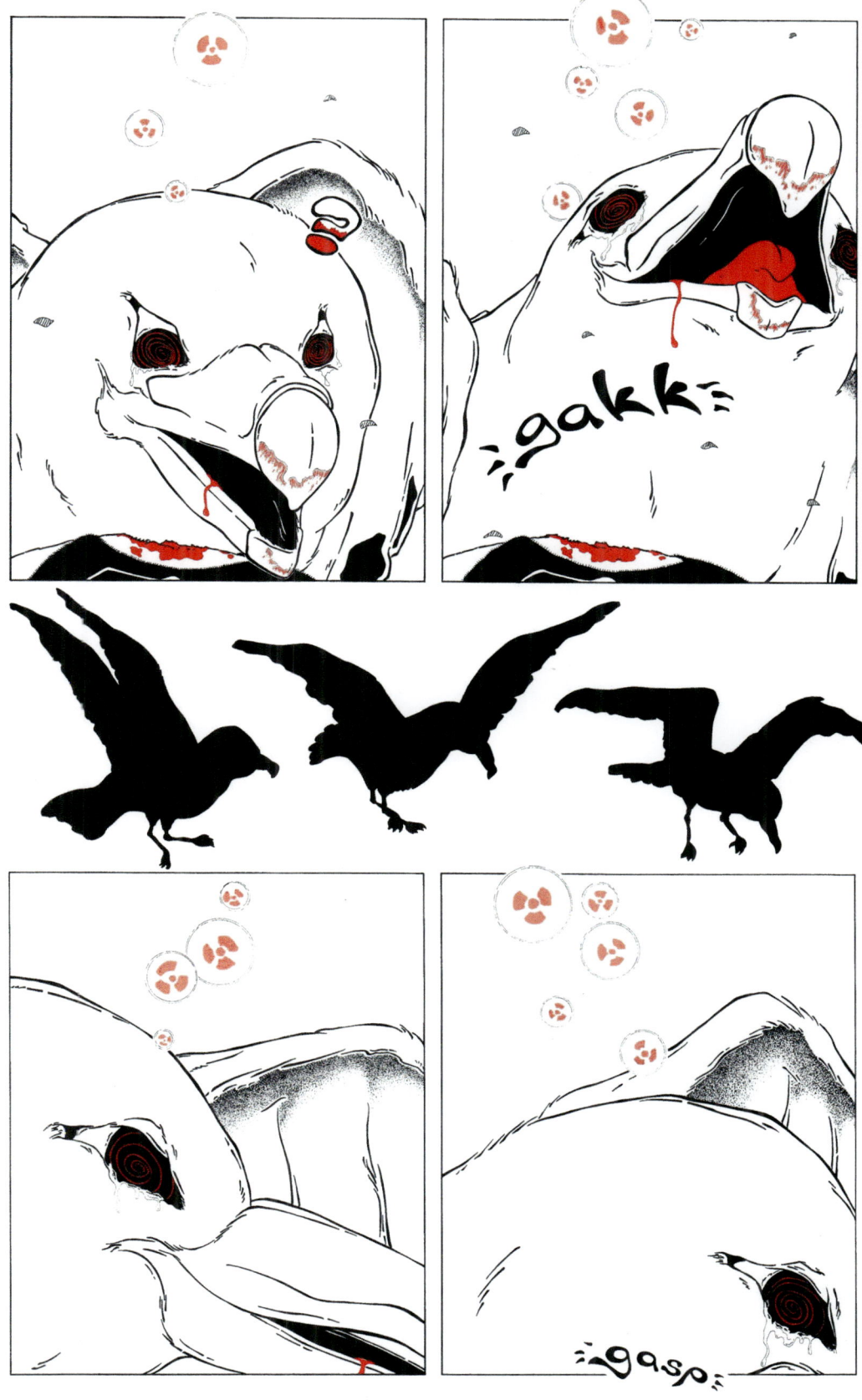

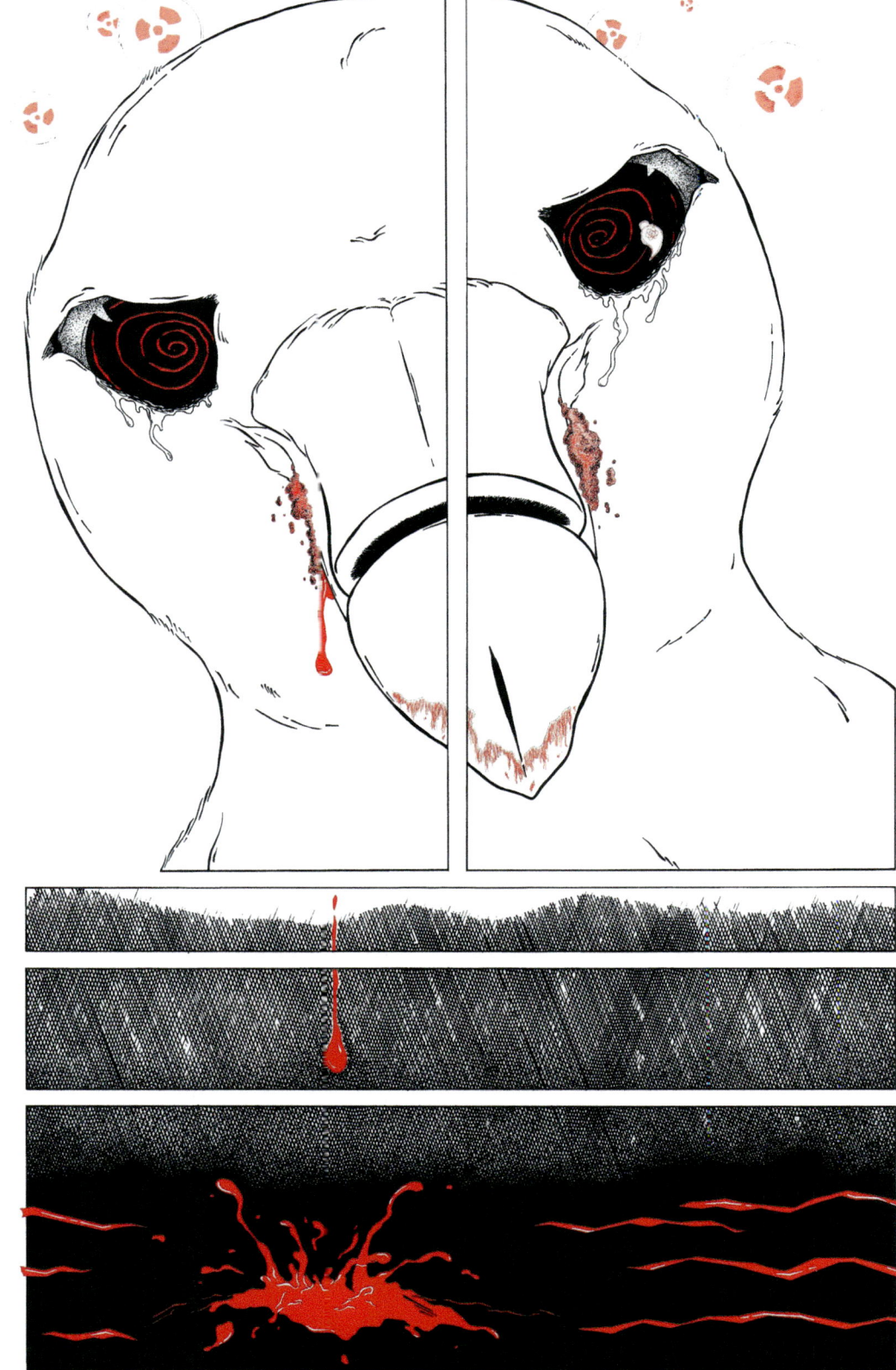

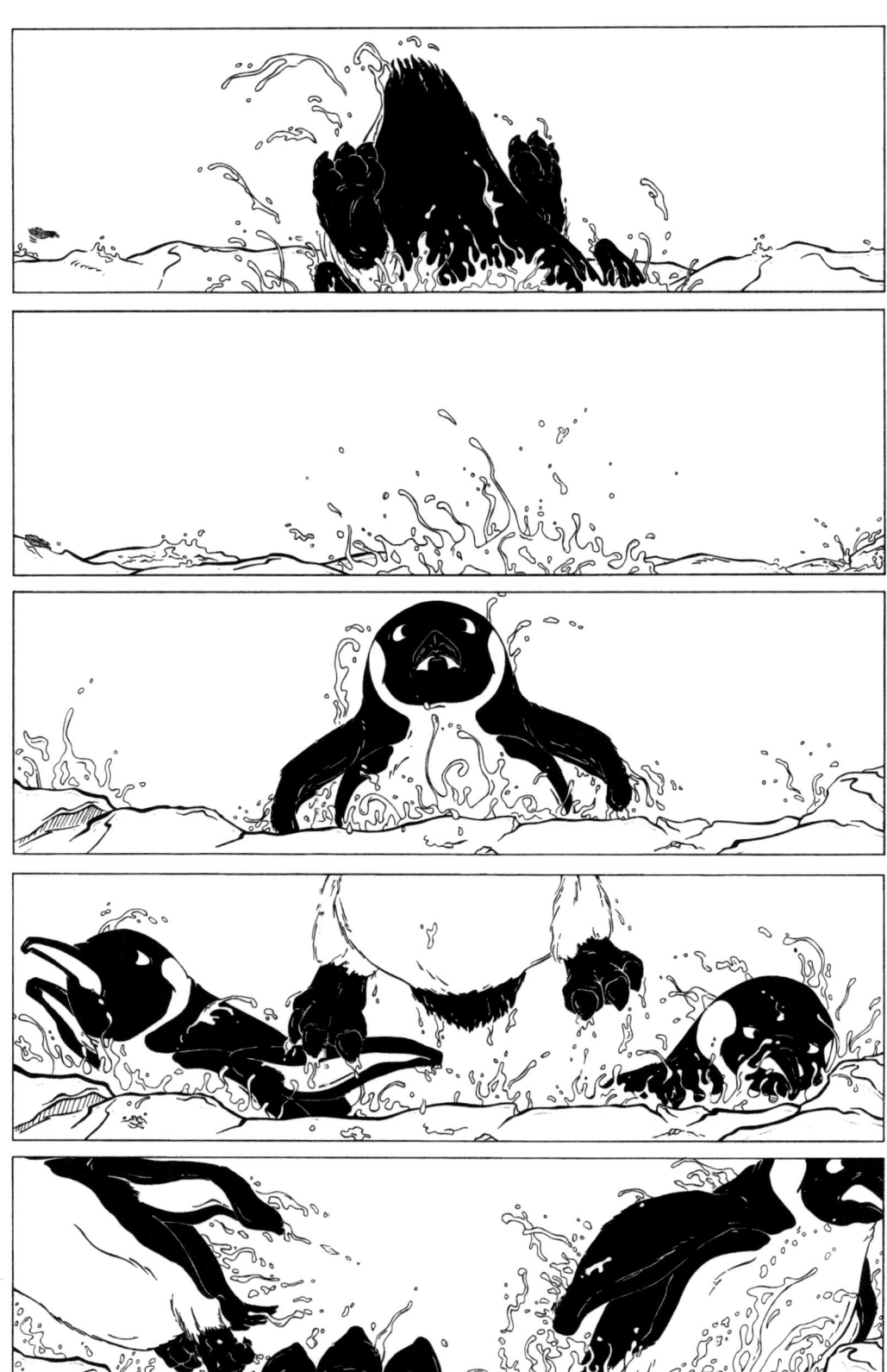

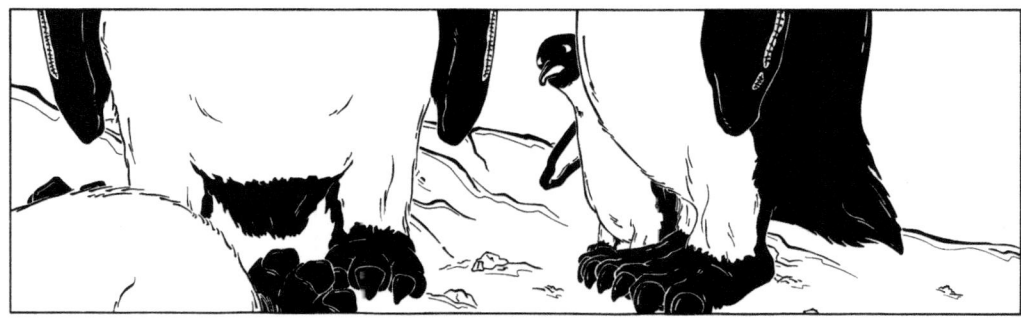

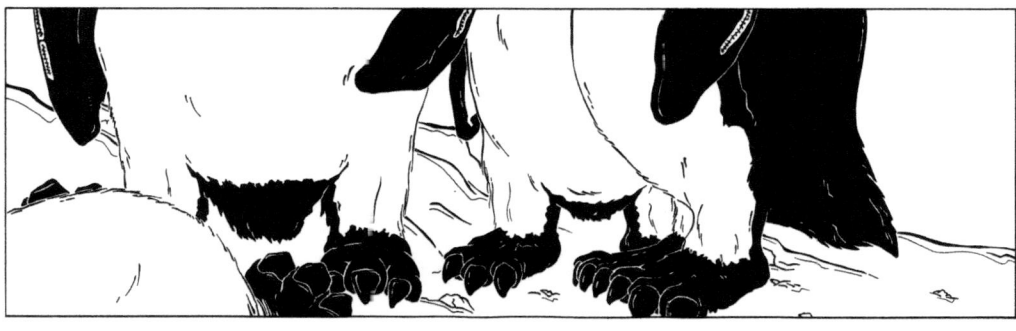

Kapitel III.

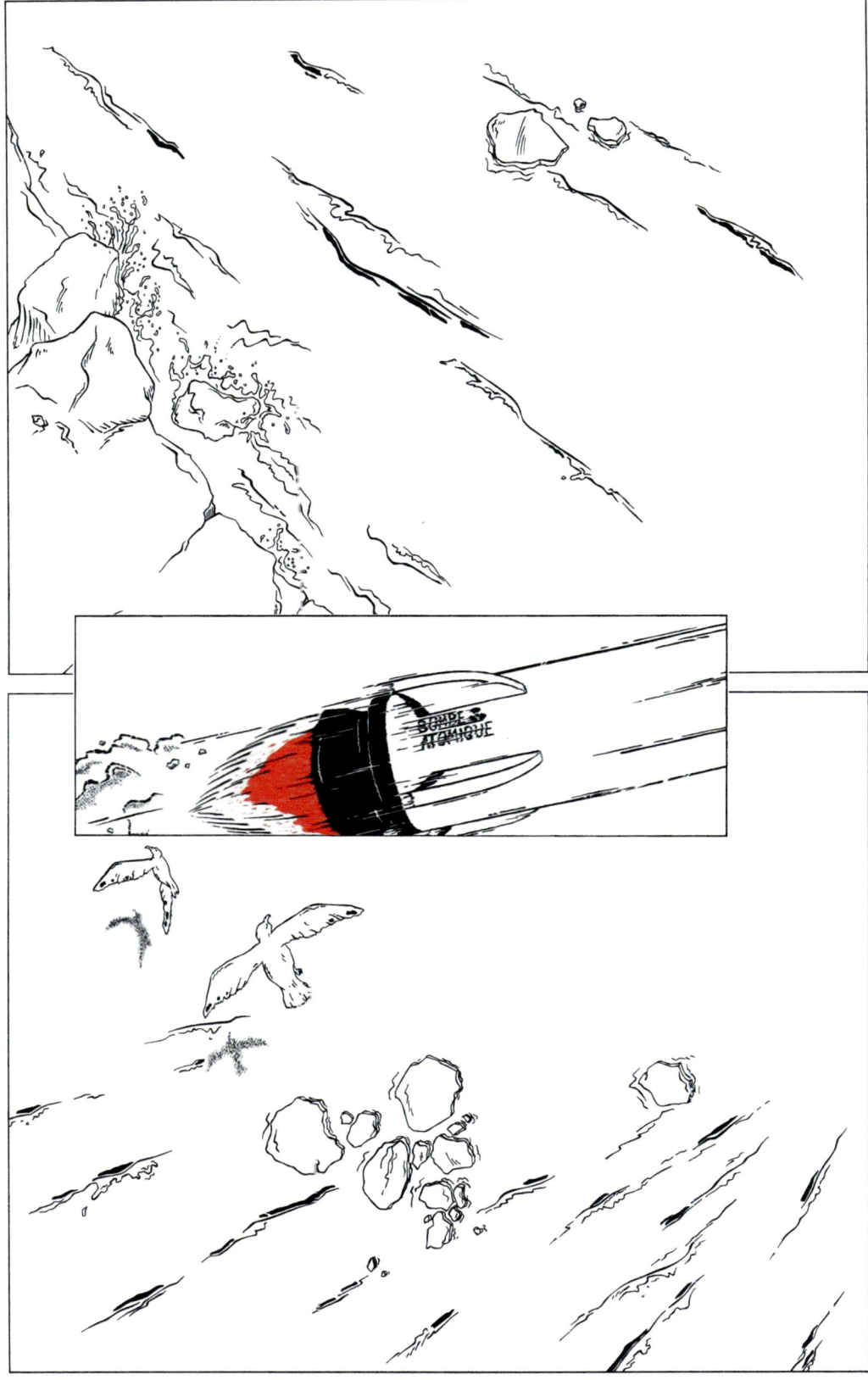

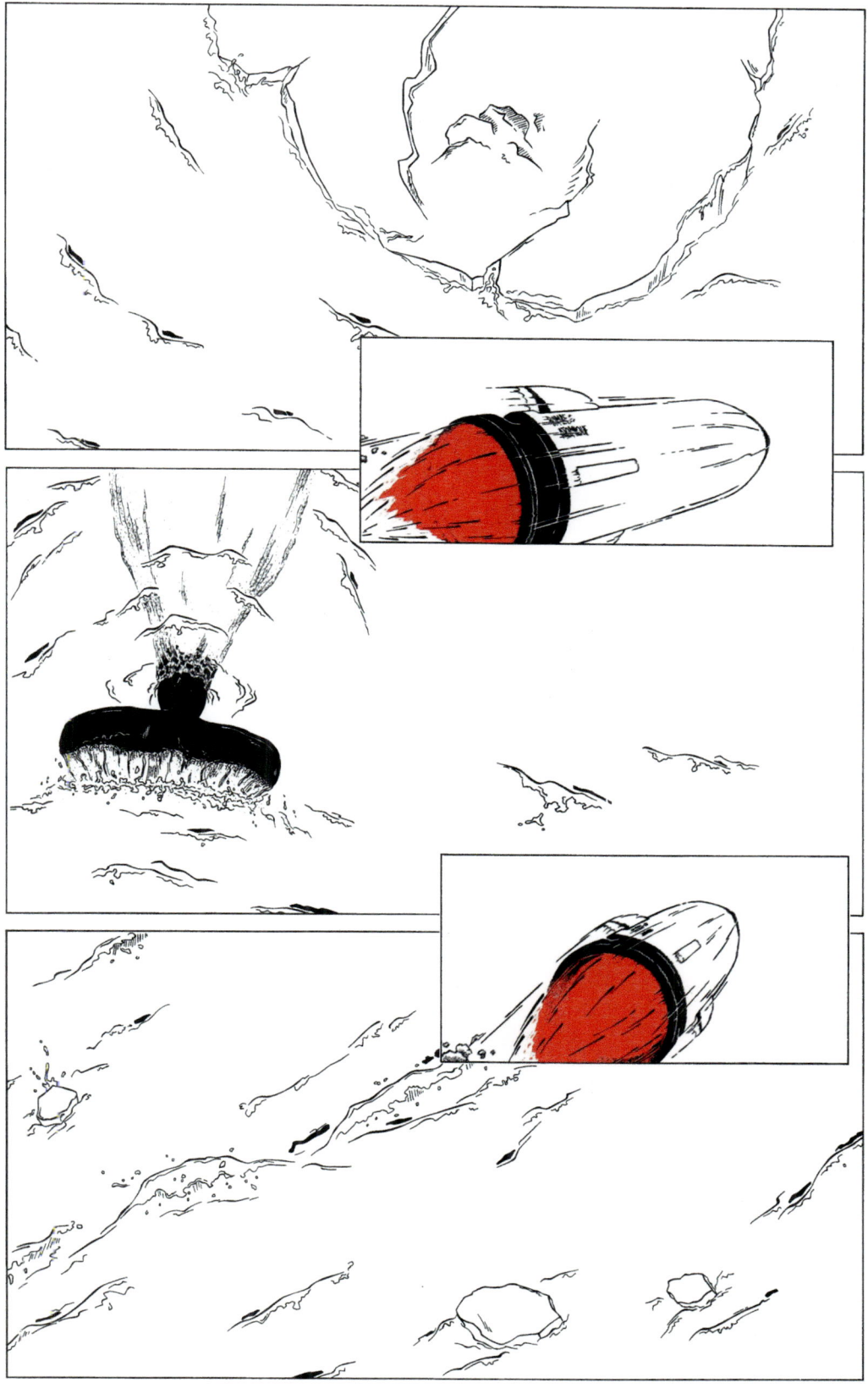

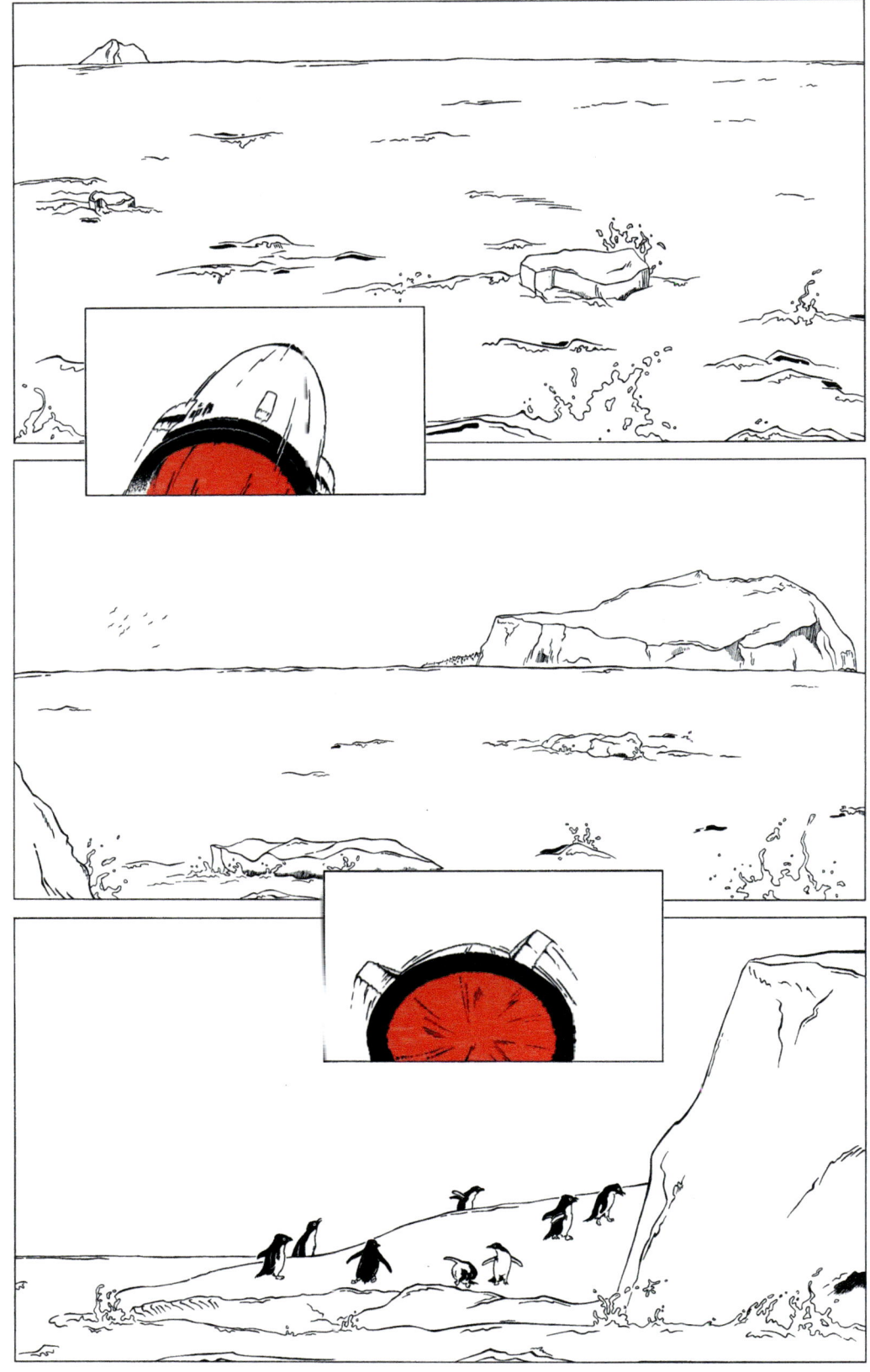

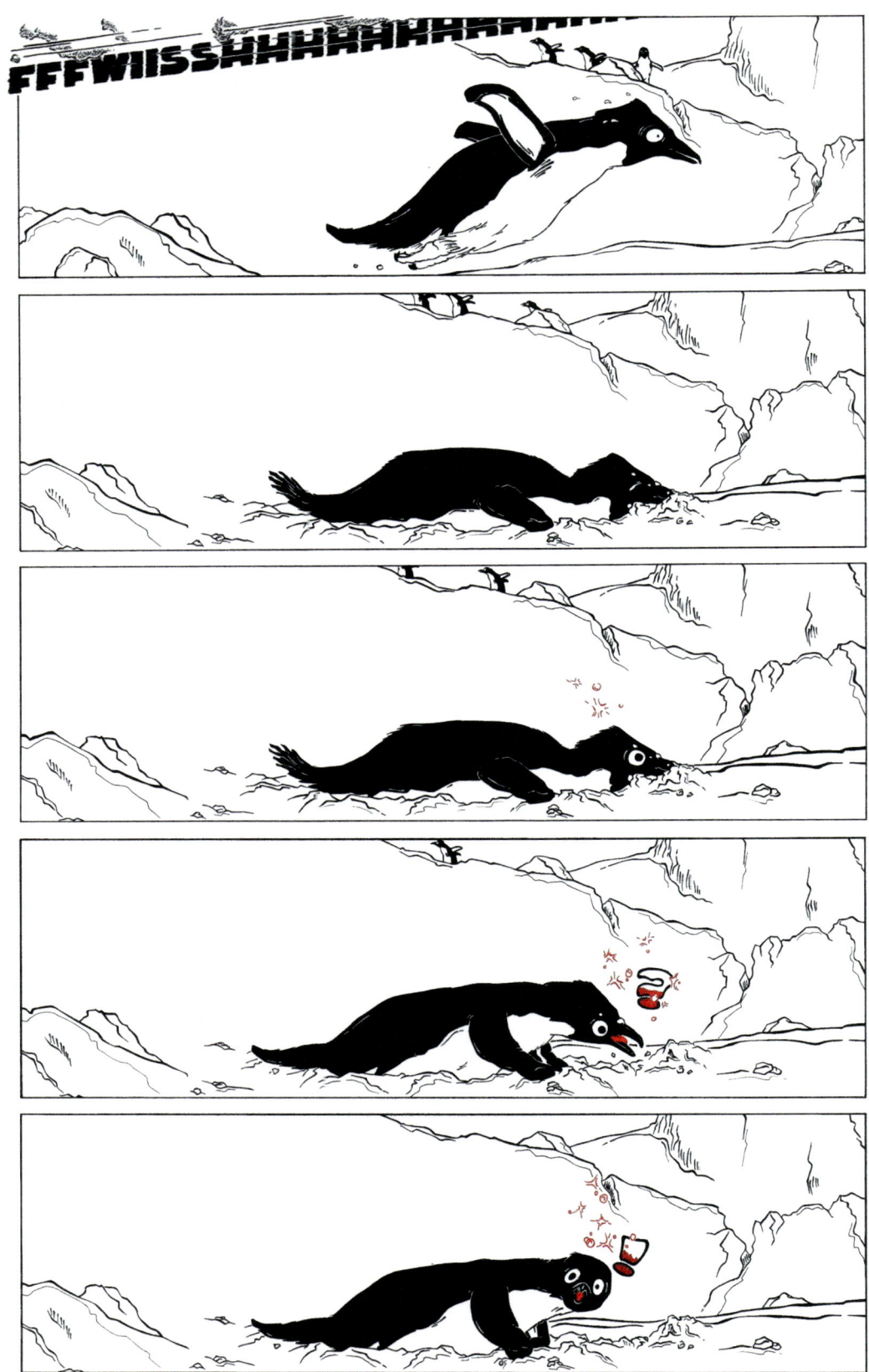

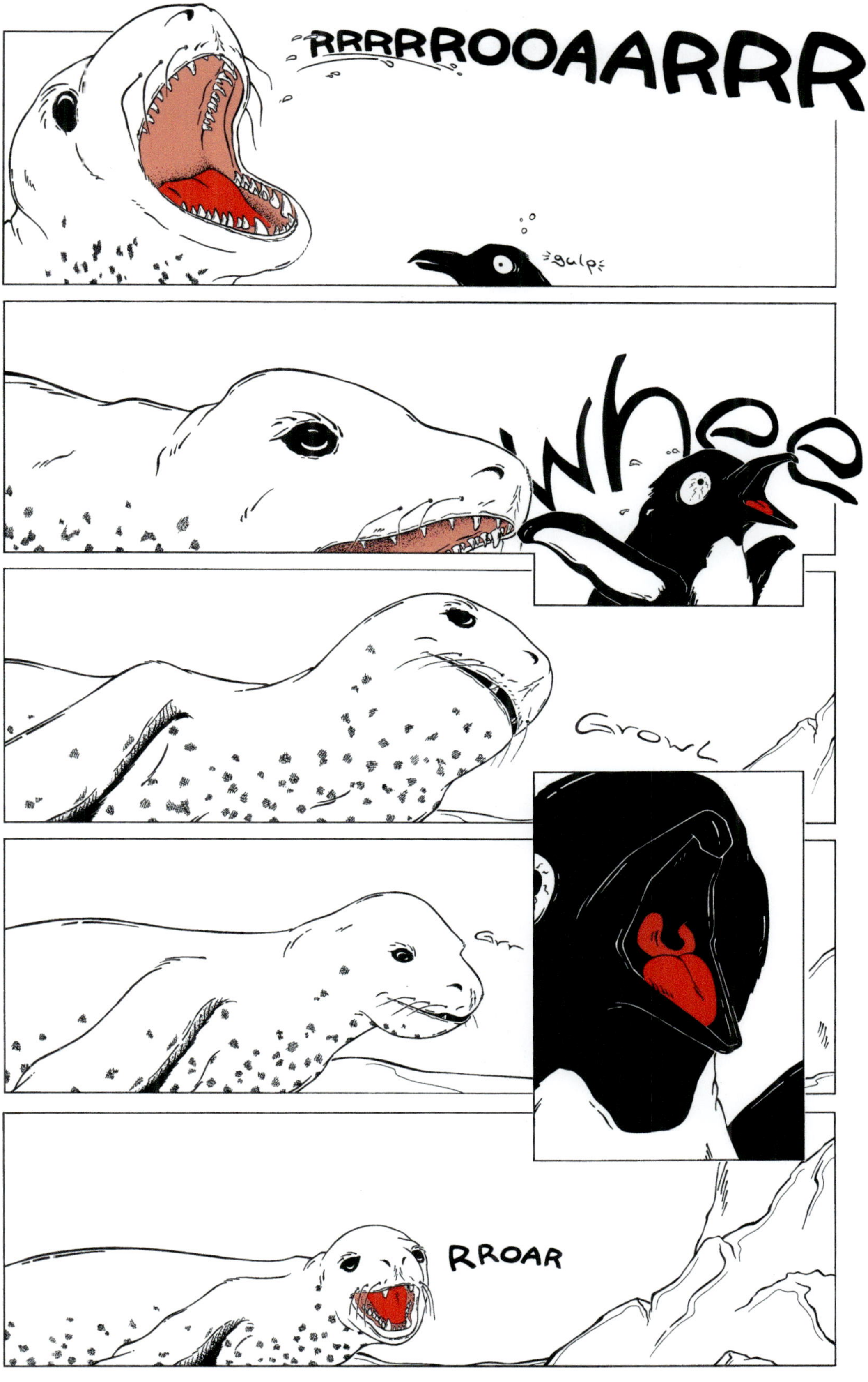

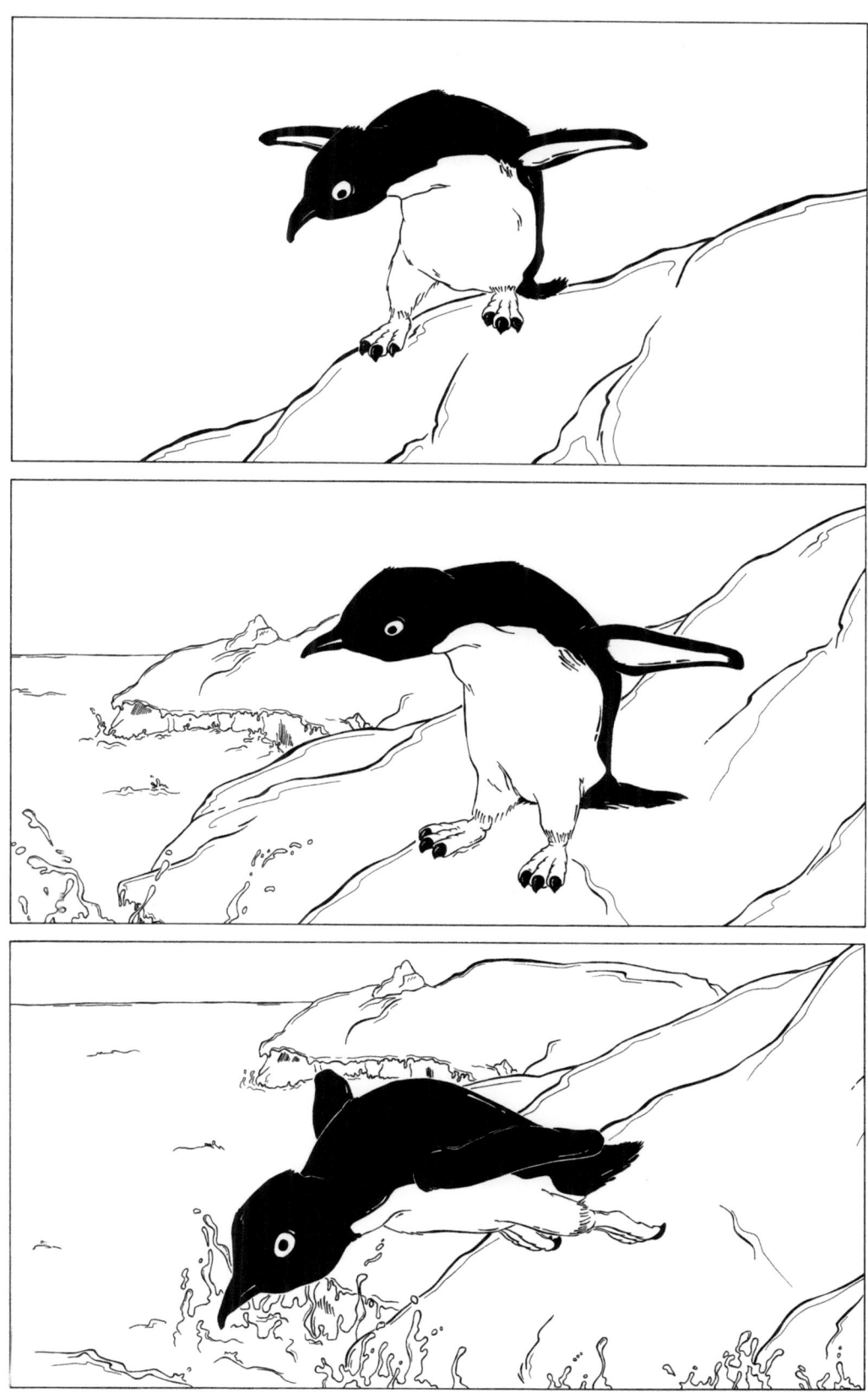

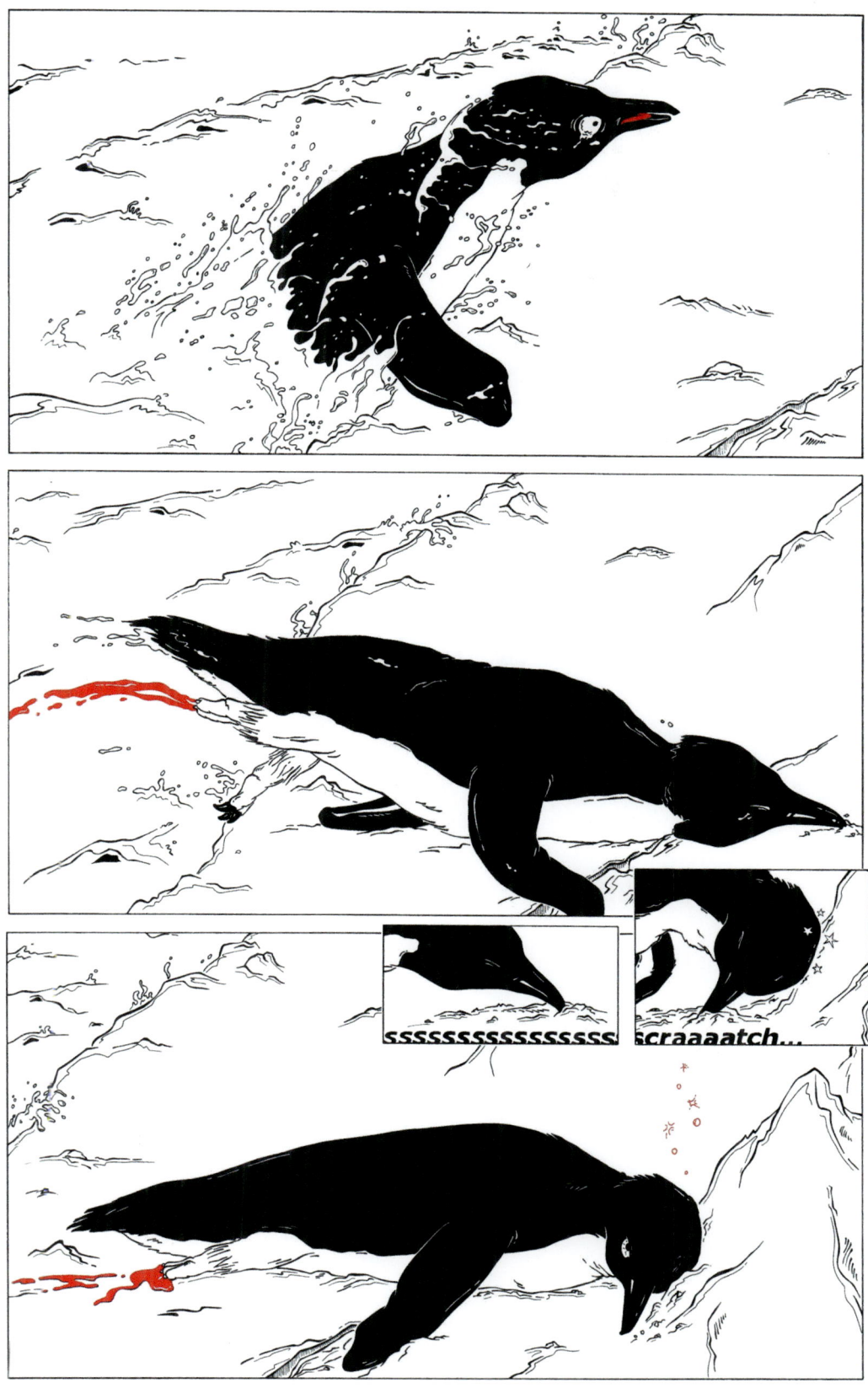

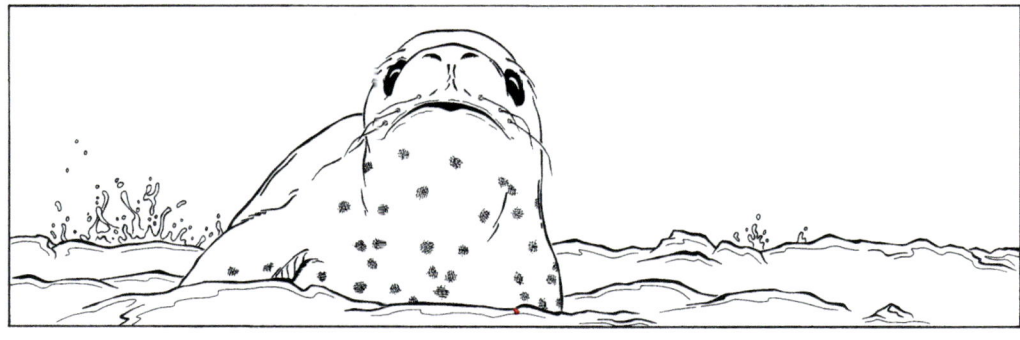
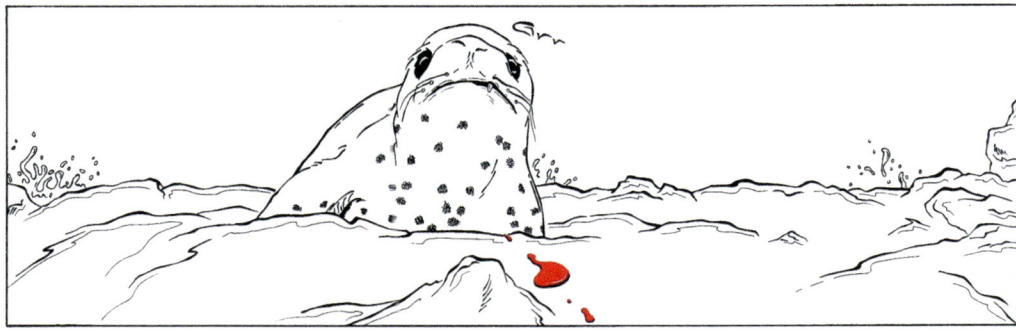

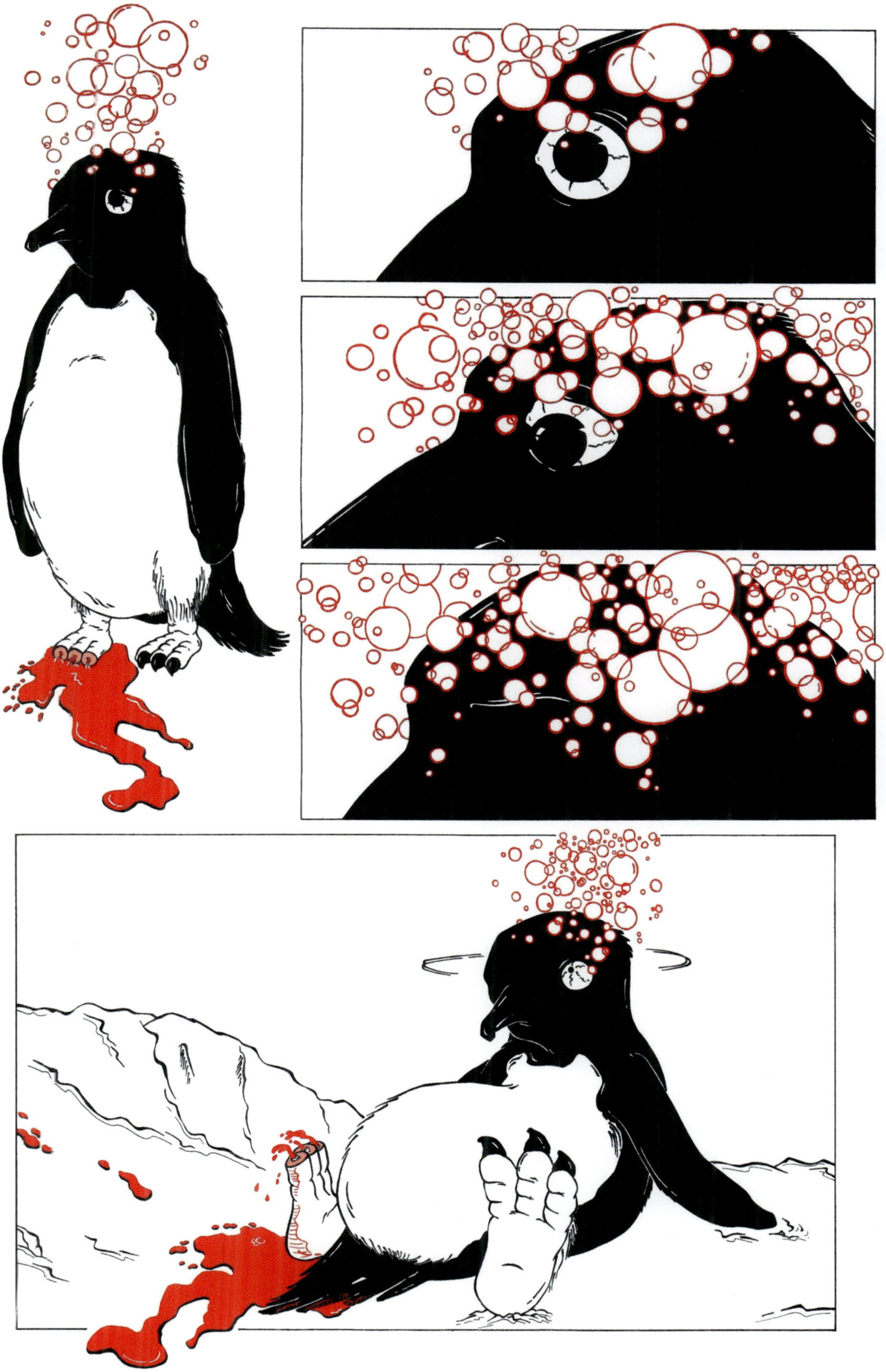

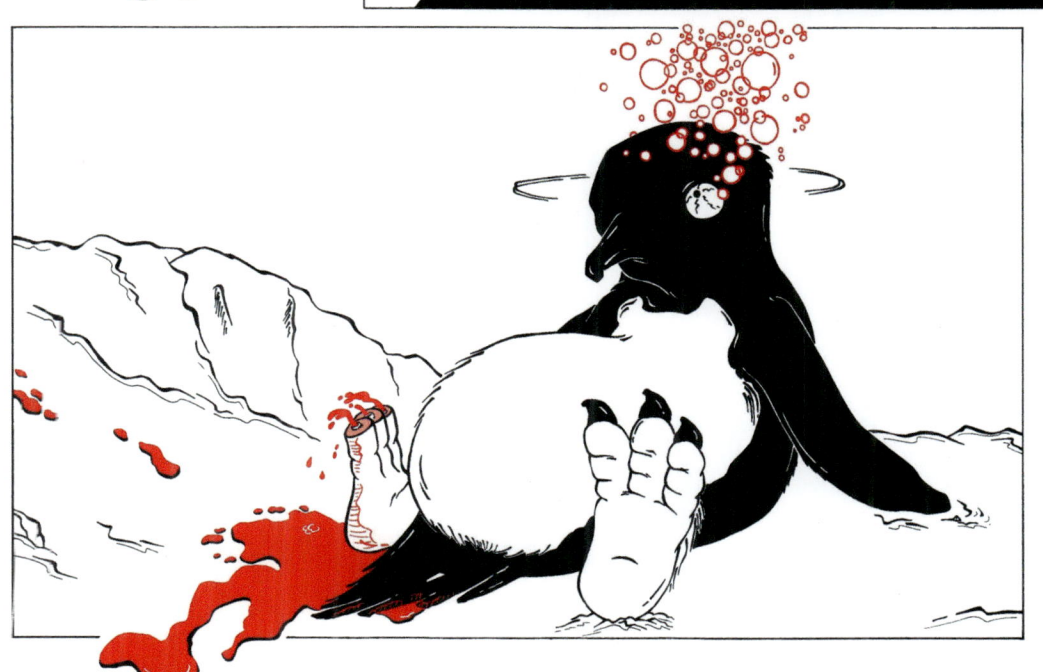

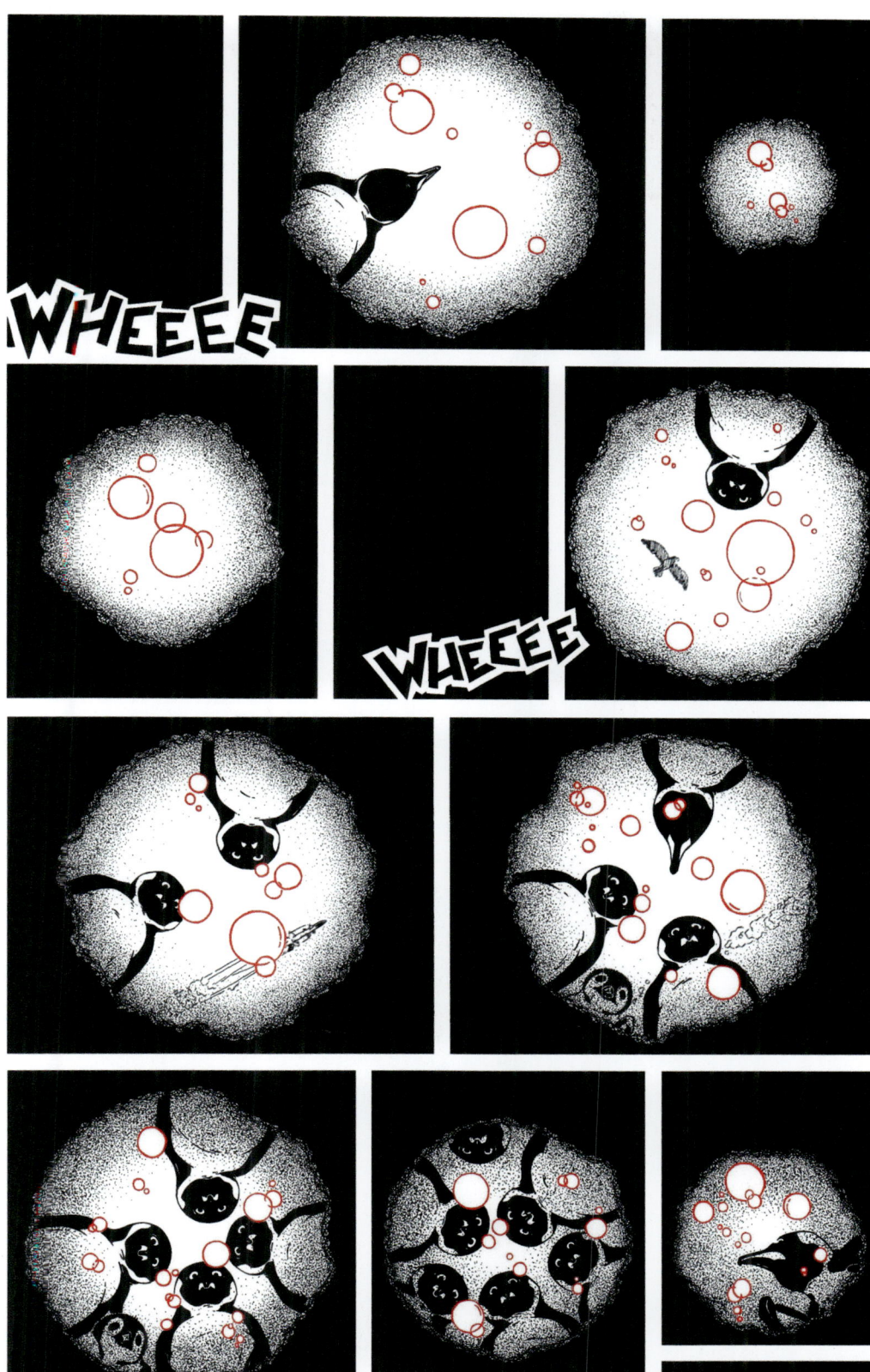

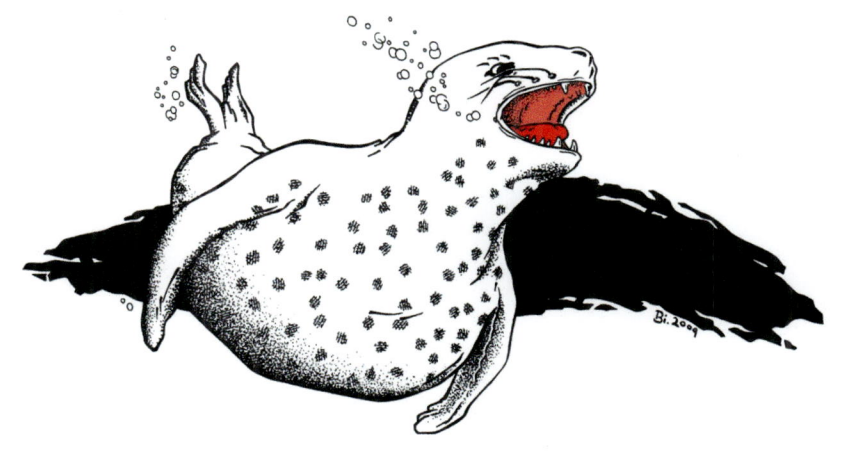

Kapitel IV.

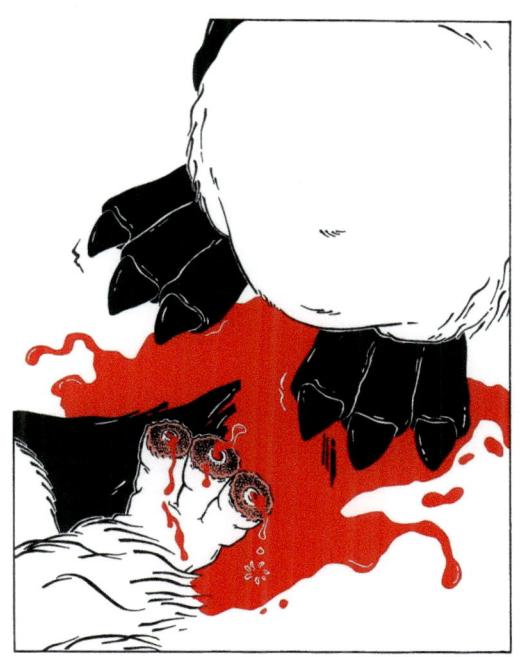

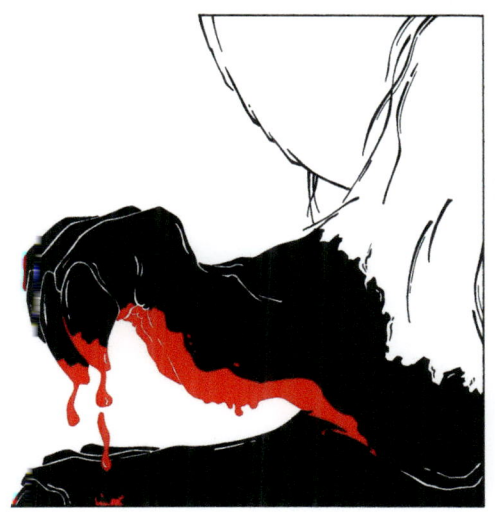

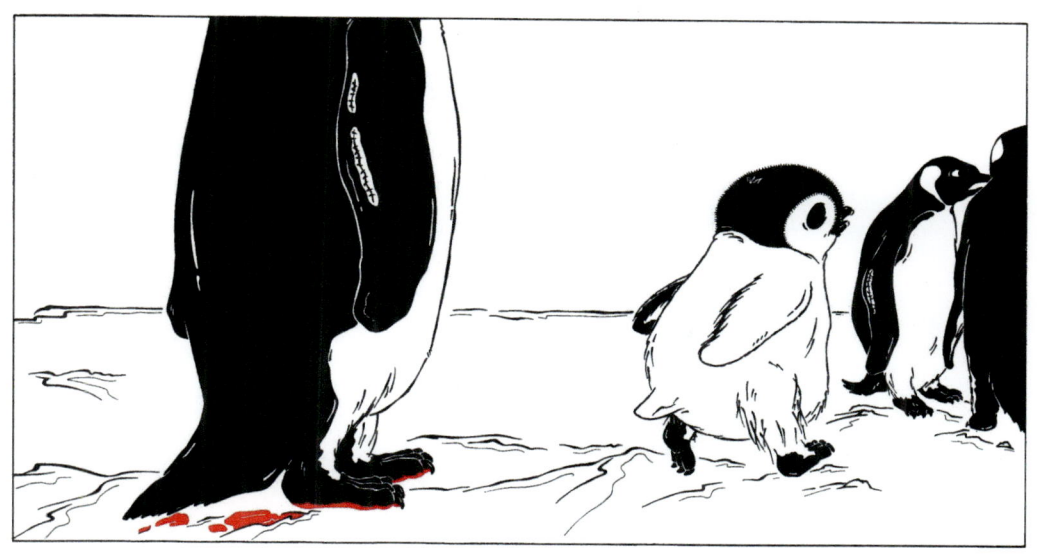

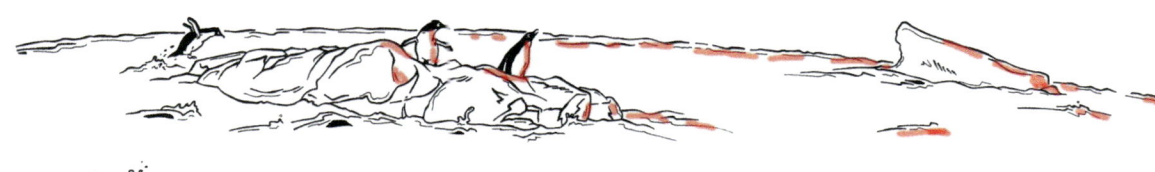

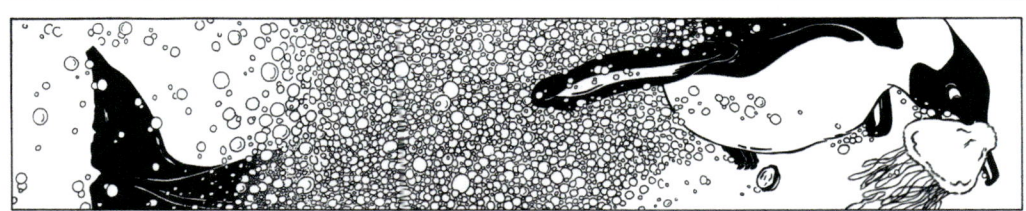

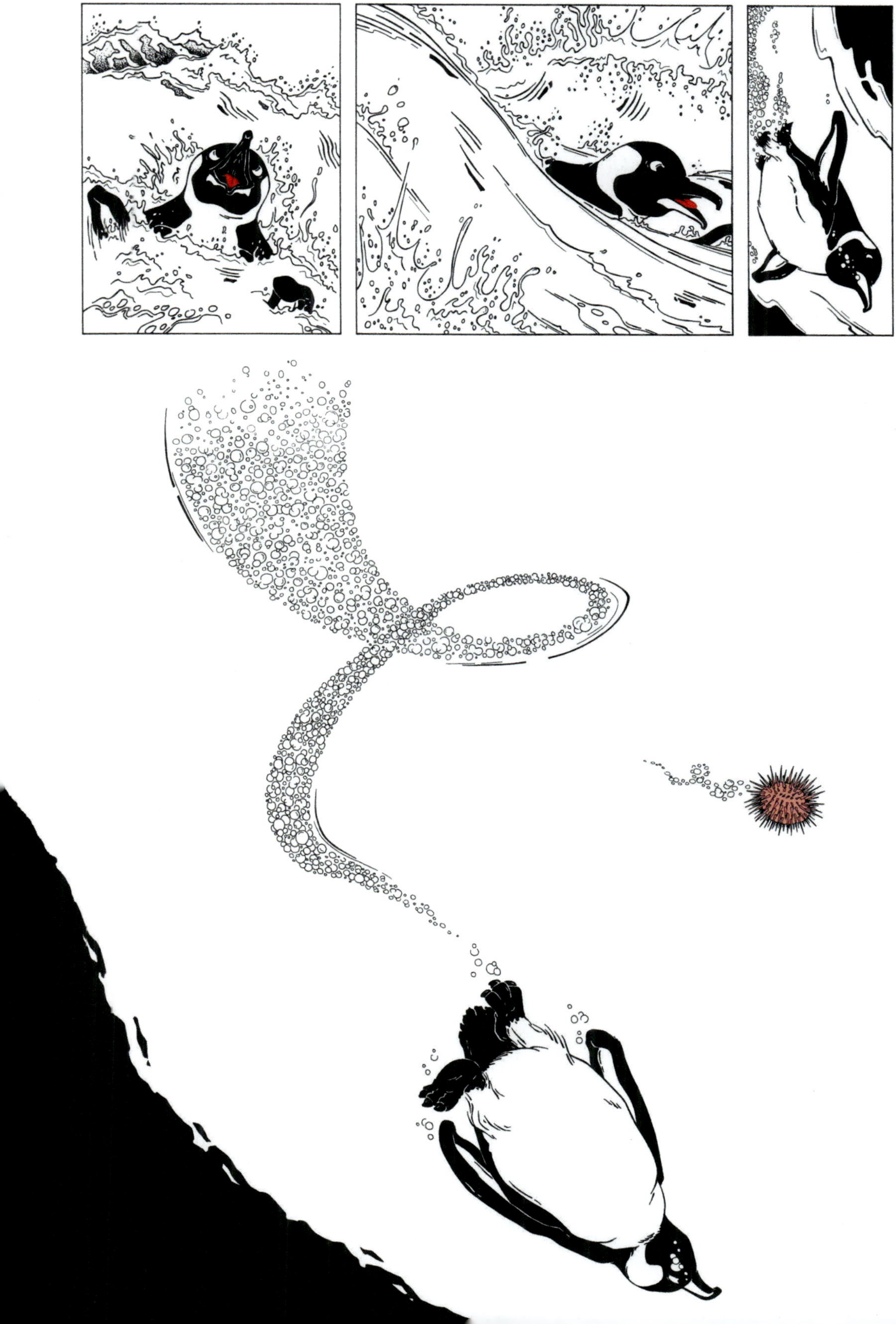

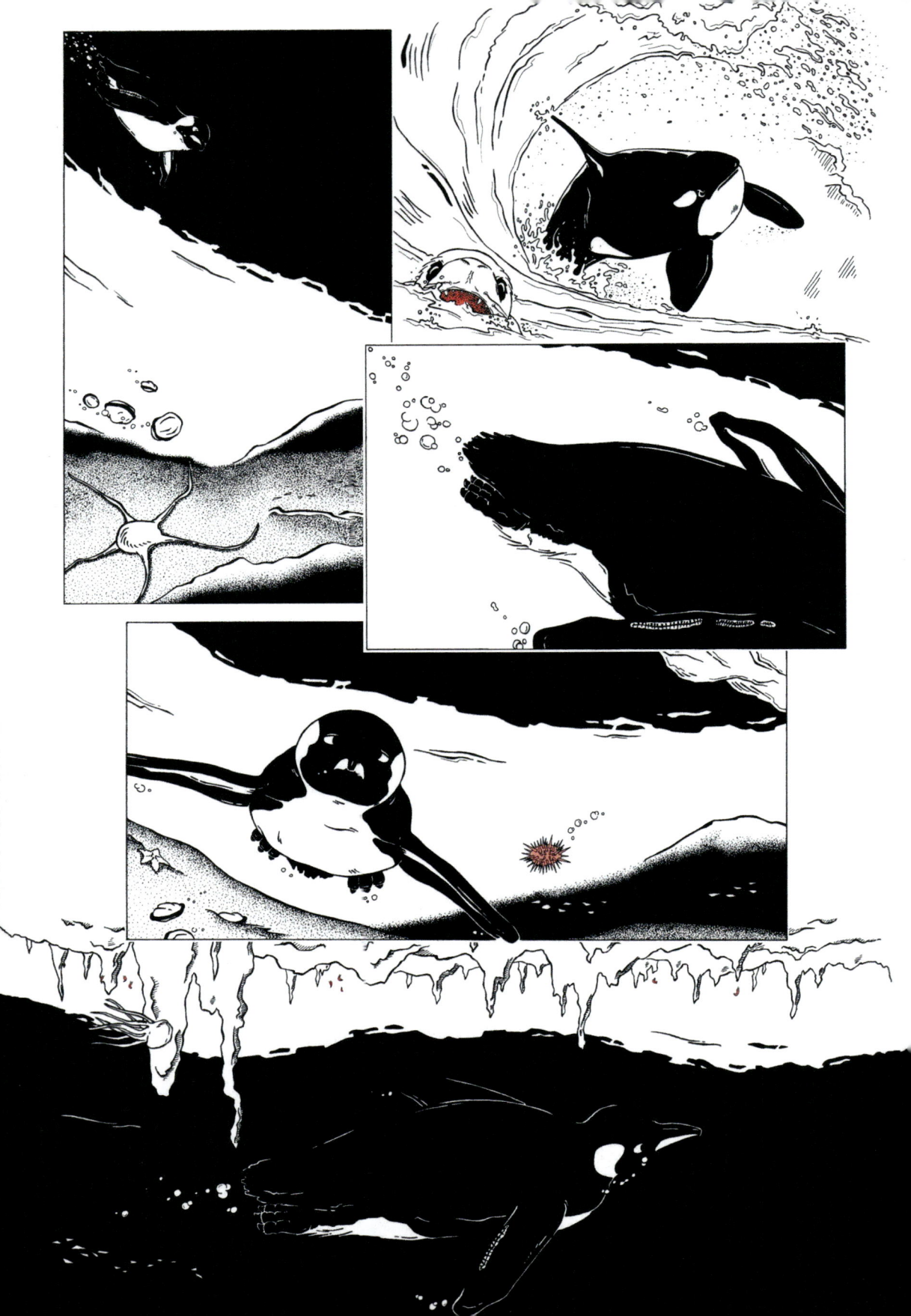

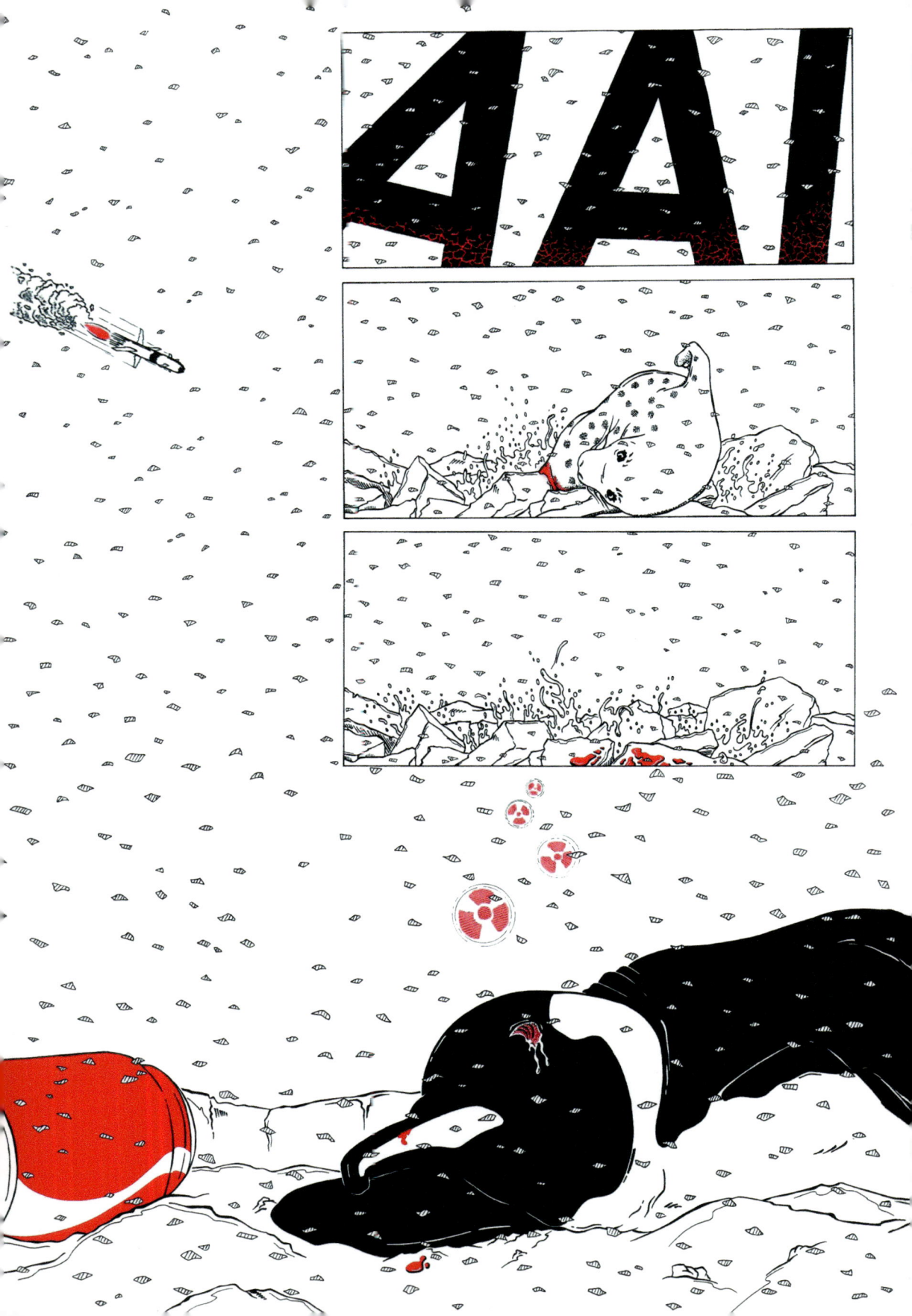

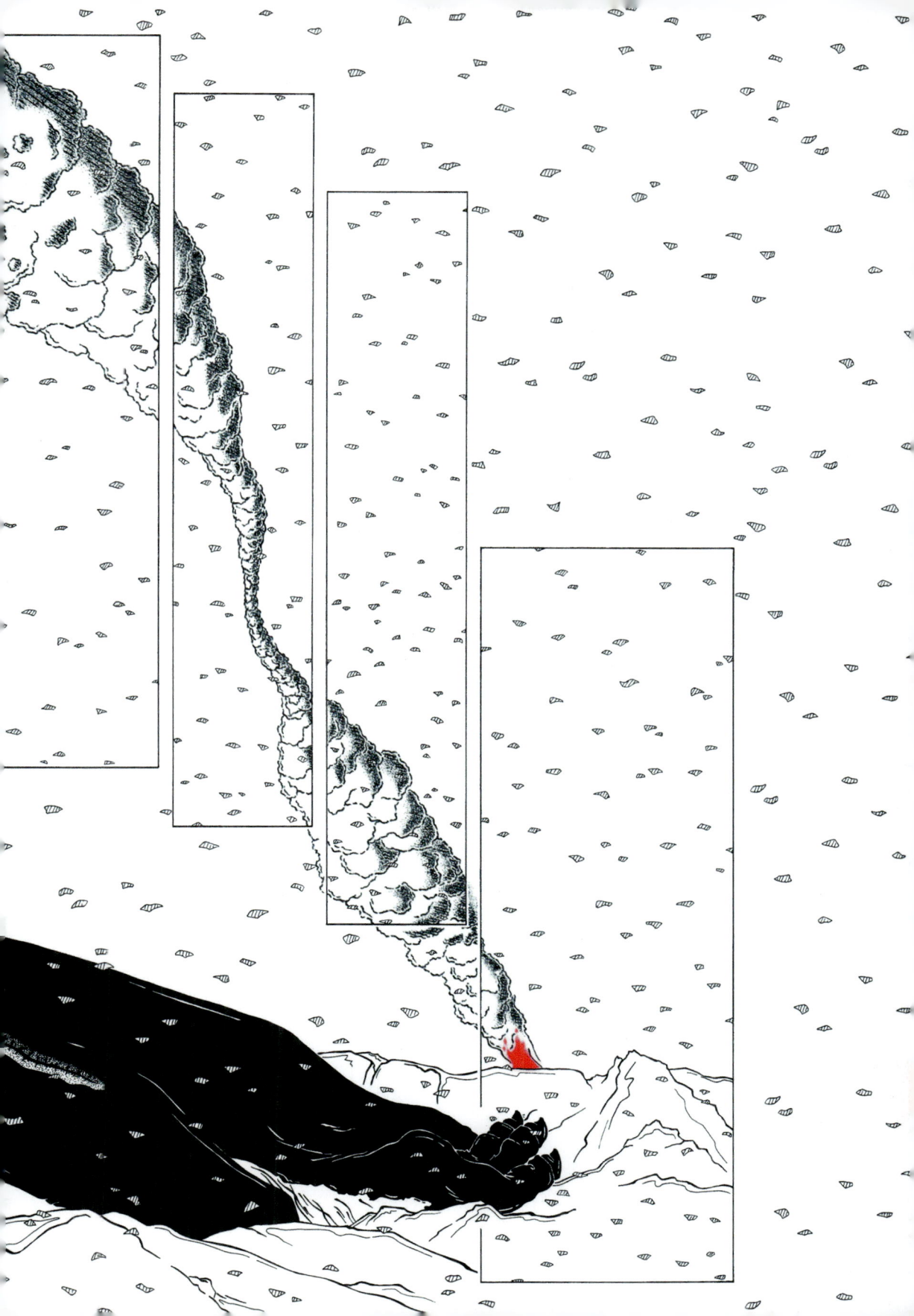

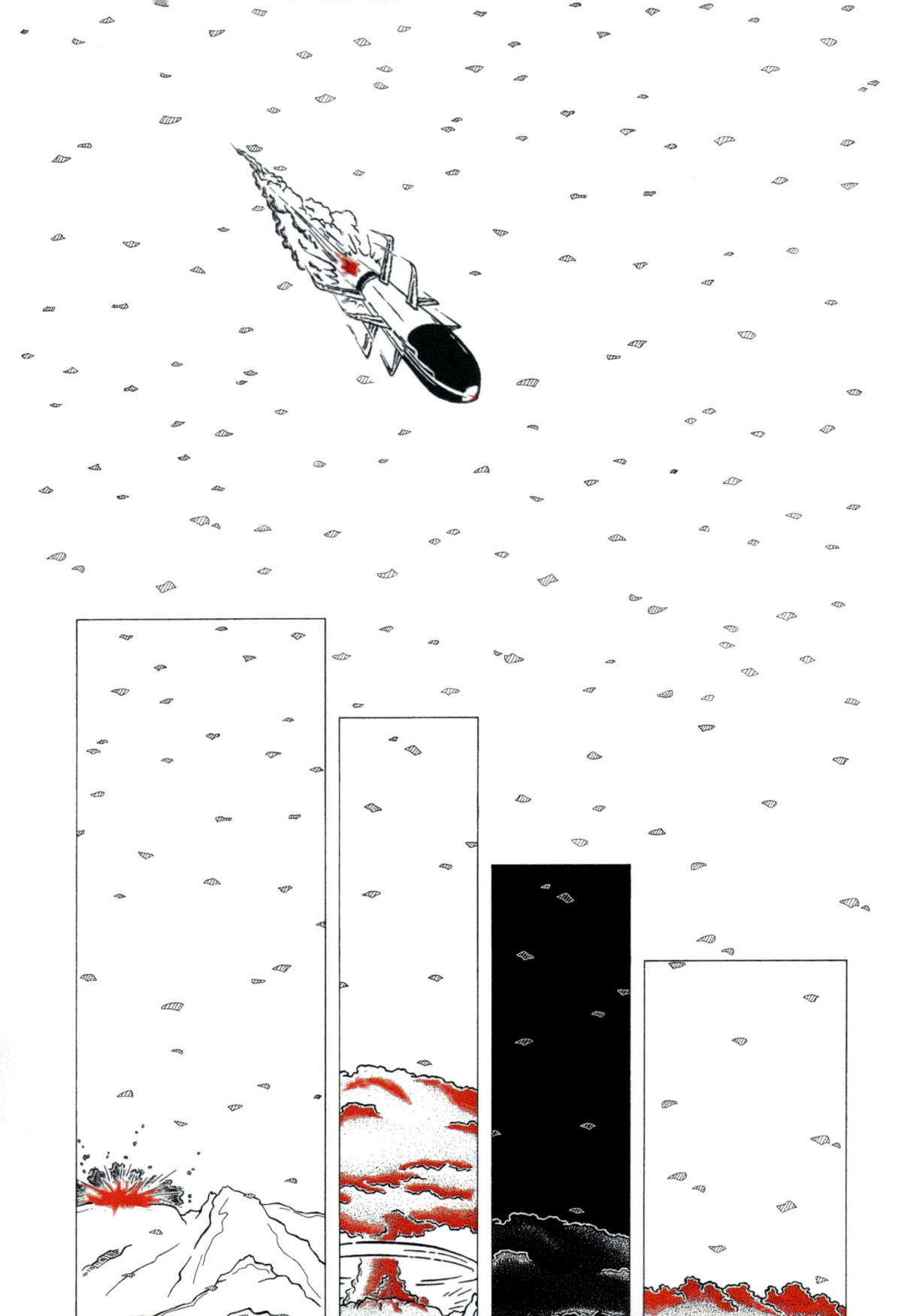

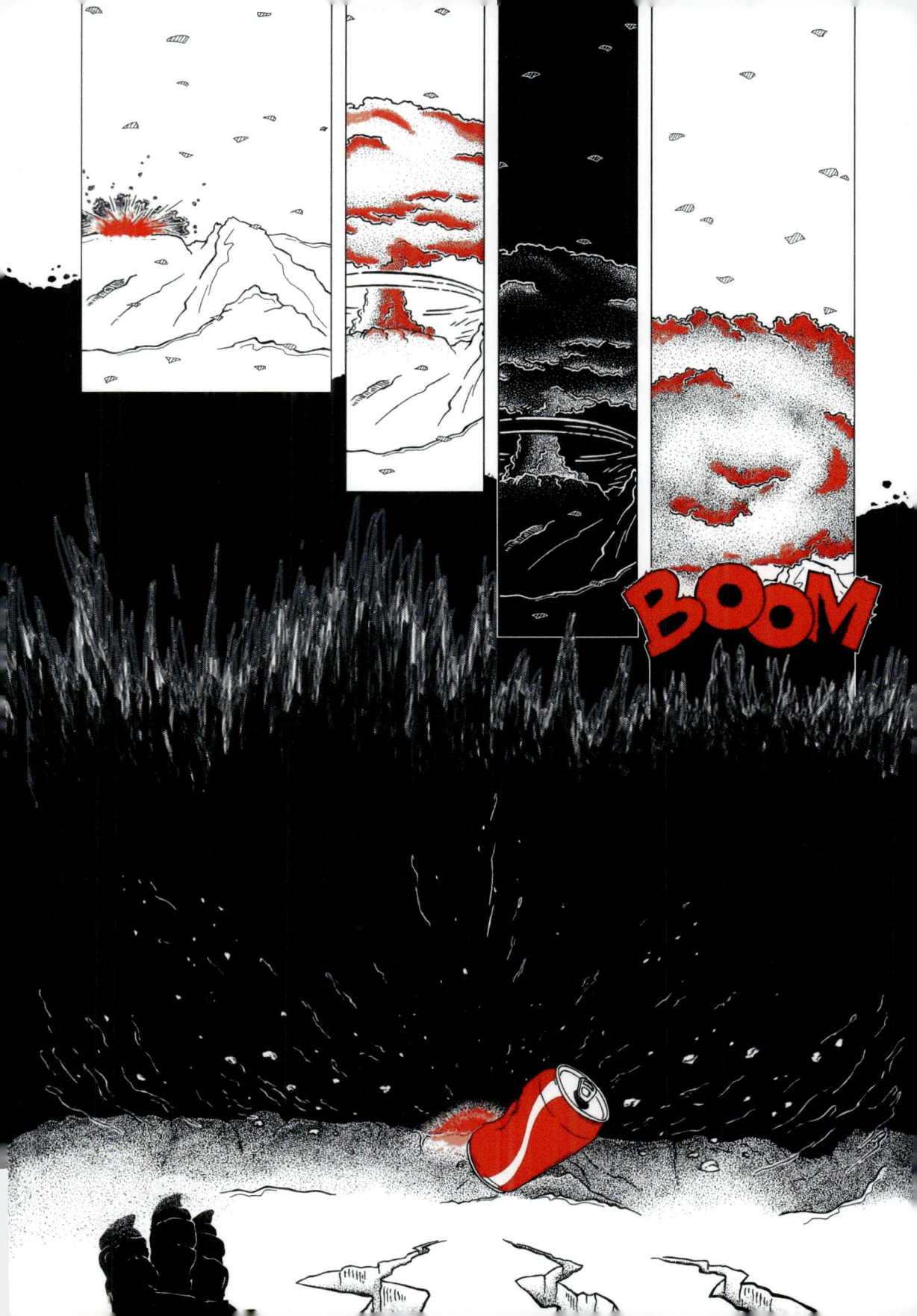

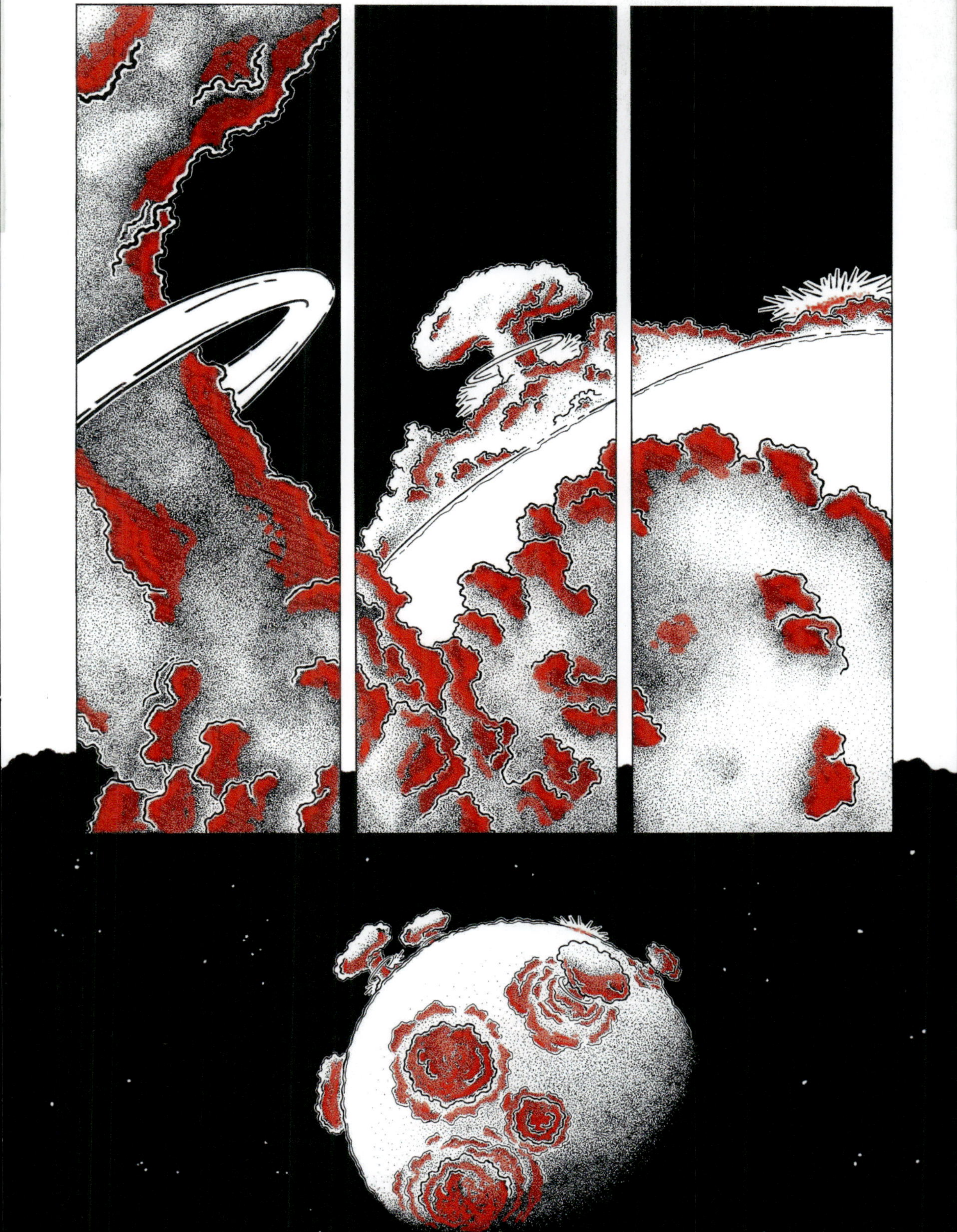

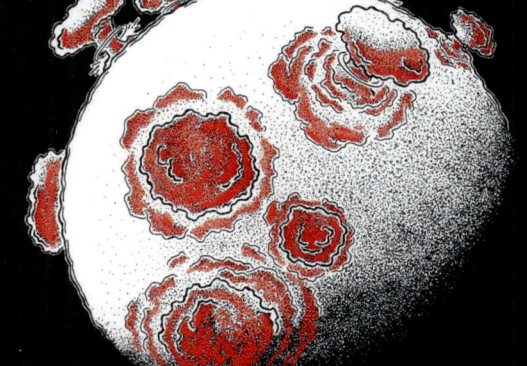

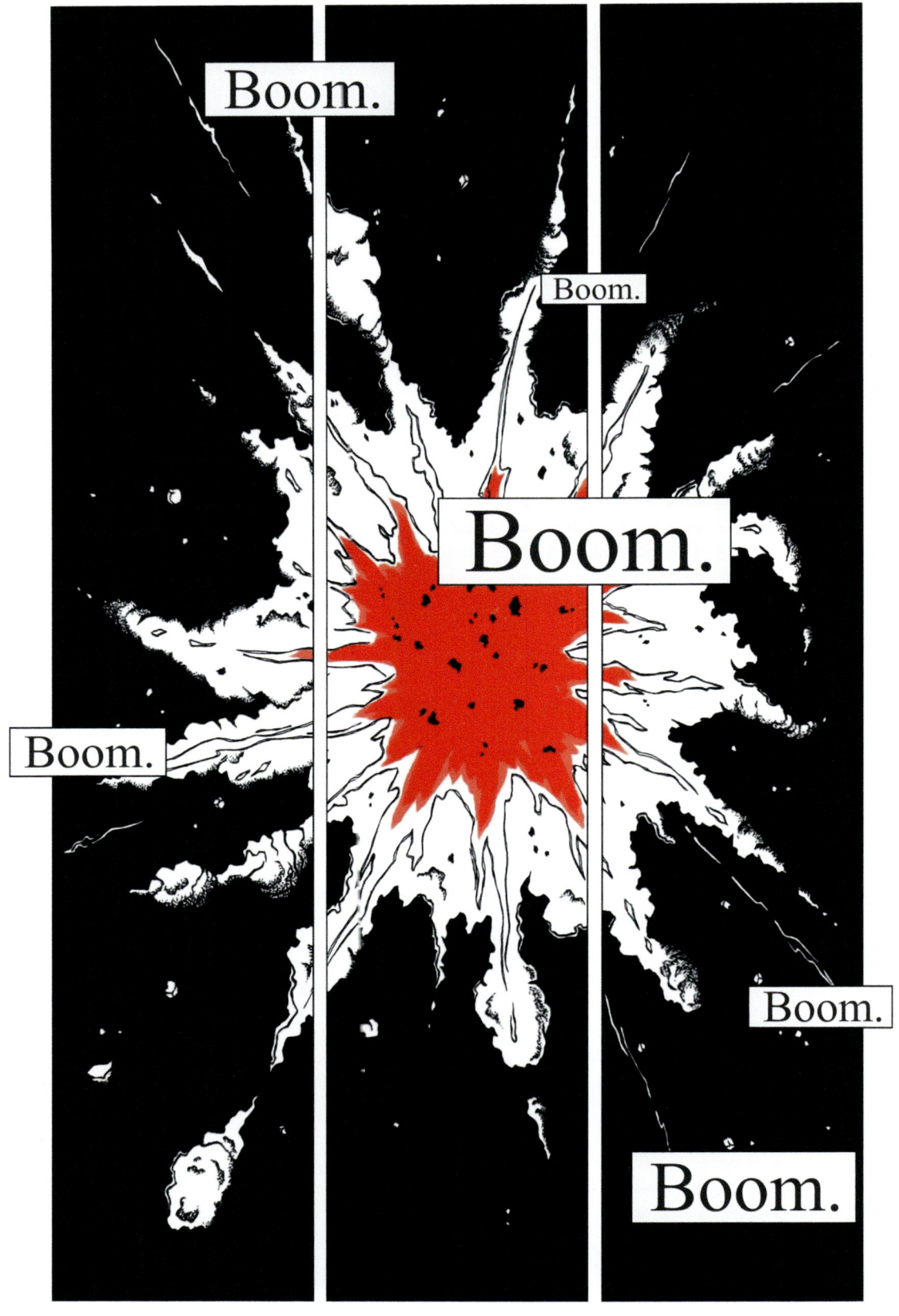

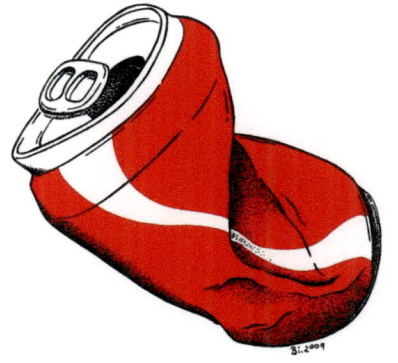

Epilog

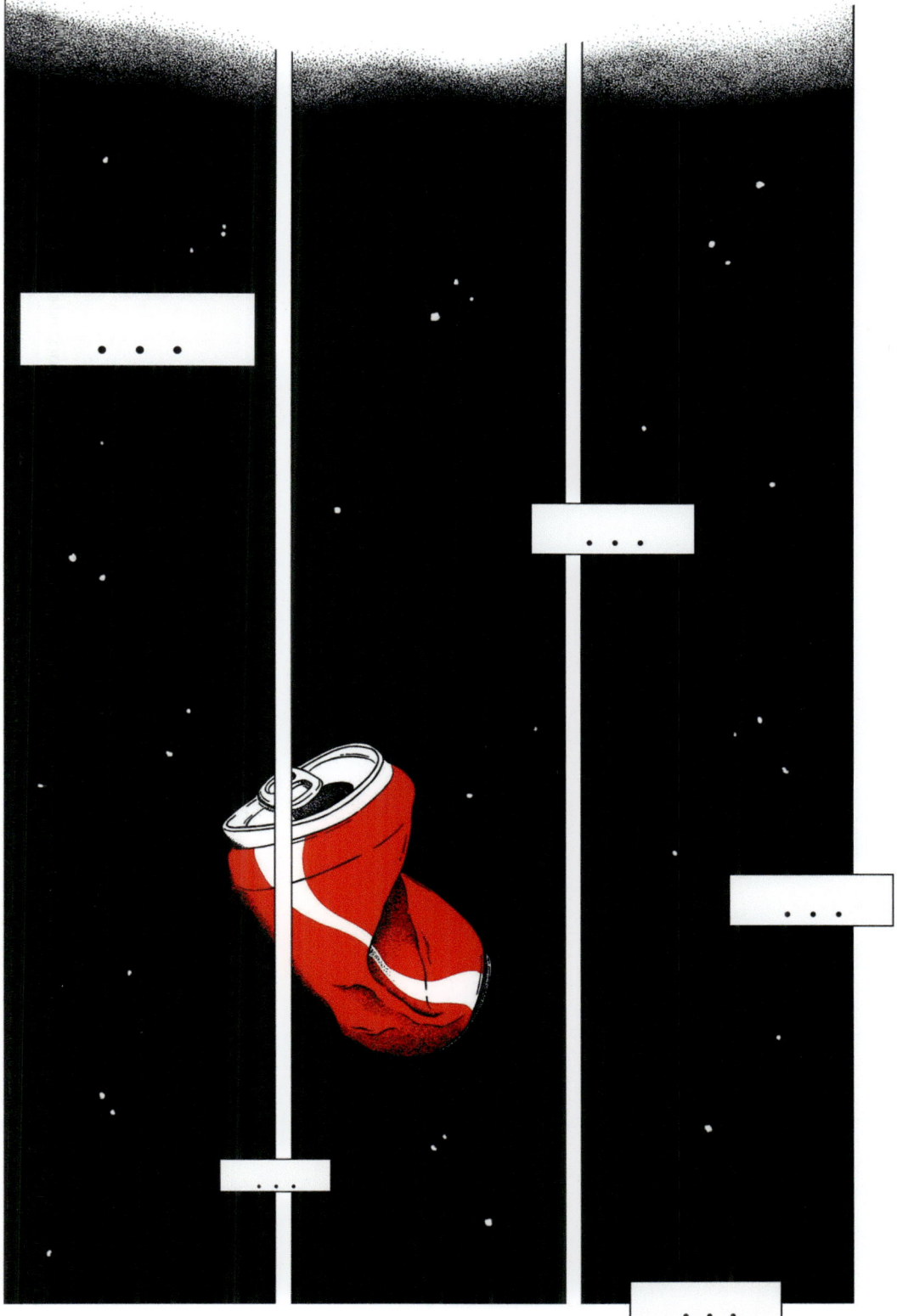

Ich bin nicht hier um die Welt zu retten.
Dazu ist es bereits zu spät.

Peter Caine